삶을
여행하는
초심자를
위한

–

죽음 가이드북

–

최준식

삶을
여행하는
초심자를
위한

죽음 가이드북

최준식

서울셀렉션

차 례

1

그물에
걸리지 않는
바람처럼

죽음의 성찰

내 무덤 앞에서
울지 마세요

—

내 무덤 앞에서 울지 마세요.
나는 거기에 없습니다.
거기에 잠들어 있지 않답니다.
나는 천千 갈래의 바람이 되어
저 넓은 하늘을 날고 있습니다.

가을에는 햇살이 되어 밭을 비추고
겨울에는 다이아몬드처럼 반짝이는 눈이 되겠습니다.
아침에는 새가 되어 당신을 깨워드리고
밤에는 별이 되어 당신을 지켜보겠습니다.

내 무덤 앞에서 울지 마세요.
나는 죽은 것이 아니랍니다.
나는 천 갈래의 바람이 되어
저 커다란 하늘을 날고 있습니다.*

—

* 〈Do not stand at my grave and weep〉, 저자 미상

죽음 뒤에 찾아올 자유로움

| 메리 프라이 또는 인디언 노래

이 시의 원작자에 대해서는 설이 많습니다. 1932년에 메리 프라이Mary E. Frye라는 시인이 썼다고도 하고, 아메리카 인디언들이 부르던 노래라고도 하는데, 정확한 것은 모릅니다. 이 시의 영어 제목은 〈Do not stand at my grave and weep〉으로, '내 무덤 앞에서 울지 마세요'라는 뜻입니다. 일본에서 이 노래가 번안된 후 우리나라에서도 이 노래가 알려졌습니다.

이 시에서 가장 눈여겨보아야 할 부분은 '나는 죽지 않았으니 내 무덤 앞에서 울지 마라'입니다. '비록 내 육신은 소멸했지만 내 영혼은 죽지 않고 바람처럼 자유롭게 돌아다닌다'는 뜻이겠지요. 불교 경전에 나오는 '그물에 걸리지 않는 바람처럼'이라는 글귀가 떠오르지 않나요? 끝없는 자유로움을 느끼게 합니다.

고인이 이처럼 자유로운 존재가 되었으니, 물질로 변해 묻혀 있는 고인의 시신 앞에서 울 필요는 없습니다. 이 노래가 더 위로가 되는 것은 내가 사랑했던 고인의 영혼이 항상 내 곁에 있겠다고 한 것입니다. 햇살이 되고 눈이 되고 새가 되고 별이 되어 언제나 나와 함께 있겠다고 합니다. 정말로 마음이 놓이지 않나요?

이 노래의 내용은 사후생을 연구하는 학자들의 주장과 일치합니다. 먼저 떠난 이들은 항상 우리를 지켜보면서 많은 사랑과 관심을 보인다고 합니다. 또 여러 경로로 지상에 있는 우리에게 소식을 전한다고 합니다.

이 노래는 2014년 4월 16일 세월호 침몰 사건 후에 우리나라에서 많이 듣게 되었습니다. 참변을 당한 사람들을 기리고 기억하기 위해서죠. 그런데 문제는 가사가 조금 바뀌었다는 점입니다. '무덤'이라는 단어를 '사진'으로 바꾸어 불렀습니다. '무덤 앞에서 울지 마라'가 아니라 '사진 앞에서 울지 마라'로요.

왜 이렇게 바뀌었을까요? 사람들이 무덤이라는 단어에 거부 반응을 보일 것이라고 생각했기 때문일 겁니다. 많이 바뀌기는 했지만 우리는 여전히 죽음을 연상하게 하는 단어를 기피하는 경향이 있습니다. '죽음'이라는 말보다는 '웰다잉'이나 '웰엔딩'이라는 말을 더 선호합니다. 이 노래의 가사에 있는 '무덤'이라는 말은 죽음보다 더 강합니다. 시신을 떠올리게 만들기 때문이지요, 그래서 사진으로 바꾼 것입니다.

그러나 이 노래에서 무덤이라는 단어를 빼면, 이 노래가 전하려는 뜻이 심하게 왜곡됩니다. 이 노래는 인간이 육^肉적인 존재가 아니라 영혼의 존재임을 말하고 있기 때문입니다. 임종을 맞이하면 육신은 사라지지만 원래 상태였던 영혼의 존재가 되어 자유롭게 된다는 것이 핵심입니다. 그러니 노랫말을 원래대로 불러야 하겠습니다.

난
은하수로
춤추러 갈 거예요

—

죽음의 경험은 출생의 경험과 같습니다. 죽음은 다른 존재로 새롭게 탄생하는 것입니다. 우리는 수천 년 동안 죽음 후의 세상과 관계된 일을 무조건 믿어야 했습니다. 그러나 사후생은 '앎'의 문제입니다. 우리는 어차피 한 번은 죽게 마련인데 그때는 누구나 알게 될 것입니다. 죽음은 그저 '한 집에서 더 아름다운 집으로 옮겨가는 것'입니다. 이것은 고치(몸)가 회복 불능의 상태가 되면 나비(영혼)가 태어나는 것과 같습니다.[*]

죽으면 난 은하수로 춤추러 갈 거예요. 연주하고 노래하고 춤을 출 거예요.[**]

—

[*] 《On Life after Death》, Elisabeth Kübler-Ross, Celestial Arts 2004

[**] 《인생 수업》, 엘리자베스 퀴블러 로스, 이레 2006

죽음학의 세계적인 권위자

| 엘리자베스 퀴블러 로스

스위스 태생의 정신과 의사인 엘리자베스 퀴블러 로스Elisabeth Kübler-Ross(1926~2004)는 자타가 공인하는 세계적인 죽음학자입니다. 대표 저서 《On Death and Dying(죽음과 죽어감에 대하여)》*에서 인간이 죽음을 맞이하는 단계를 5단계(부정-분노-타협-우울-수용)로 나눈 것은 고전 이론처럼 되었습니다.

퀴블러 로스는 십대 때 폴란드에 있는 나치 수용소에서 재소자들이 벽에 그려놓은 나비들을 보고 죽음 문제에 대해 눈을 뜨게 됩니다. 나비는 재소자들이 자신의 죽음을 직감하고 손톱이나 돌로 그린 것입니다. 나비는 부활의 상징입니다. 그는 미국으로 이주한 후 뉴욕과 시카고 등지의 병원에서 임종 환자들을 돌보면서 호스피스 운동을 펼쳤습니다.

많은 의사들이 그렇듯 퀴블러 로스도 처음에는 사후생을 인정하지 않았습니다. 그러나 호스피스 활동을 하면서 이른바 죽었다 살아난 환자들을 수없이 만났고,

---

* 한국에는 《죽음과 죽어감》(이진 역, 청미 2018)으로 번역되어 나왔다.

그들의 생생한 체험담을 들으면서 사후생을 인정하게 되었습니다. 이 환자들은 근사체험near-death experience을 한 것인데, 그들의 증언에는 인간이 죽은 뒤에도 또렷한 의식이 있음을 부정할 수 없게 만드는 요소들이 많았습니다. 그들은 영혼 형태로 계속 존재하면서 모든 것을 보고 들었던 거지요.

그가 쓴 《On Life After Death》**에는 심지어 '귀신'이나 '유령'이라고 부르는 존재를 만났다고 쓰여 있습니다. 그가 시카고 병원에 있을 때의 일입니다. 자신이 돌보았지만 결국 세상을 떠난 환자가 그의 앞에 모습을 보인 것입니다. 물론 영혼의 형태였지만, 전체 모습은 살아 있을 때와 같았습니다. 이 영혼은 로스에게 병원을 떠나지 말고 계속해서 자기와 같은 환자들을 돌보아 달라고 부탁하기 위해 나타났다고 합니다. 그때 로스는 호스피스 활동이 너무 힘든 나머지 병원을 옮기려고 생각하고 있었습니다. 그 영혼은 그 말을 하고 단번에 사라졌다고 합니다.

그 이후 로스는 자신도 영혼이 몸에서 빠져나가는 체외이탈out of body을 체험하게 되었습니다. 그로 인해 사후생에 더 확고한 믿음을 갖게 되었고, 그와 관련한

** 한국에는 《사후생》(최준식 역, (재)대화문화아카데미 2009)으로 번역되어 나왔다.

체험담을 모아 펴낸 책이 바로 《On Life After Death》입니다. 미국 전 지역을 돌아다니면서 했던 강연을 모은 책이라 내용이 생생하고 이해하기 쉽습니다.

그는 사후생은 믿음의 문제가 아니라 앎의 문제라고 합니다. 인간은 임종할 때 육체는 죽지만 영체psychic body로 새로운 세계에 다시 태어난다고 역설했습니다. 이 같은 주장이 환상에 불과하다고 비난하는 사람들을 향해서 그는 '어쨌든 그들도 죽을 때가 되면 이러한 사실을 알게 될 것'이라며 단호한 어조로 그들의 주장을 일축했습니다.

그는 임종을 앞둔 어린이들을 돌본 것으로도 유명합니다. 애벌레 인형을 가지고 다니면서 어린 환자들에게 보여주었습니다. 뒤집으면 나비로 변하는 인형이었지요, 아이들에게 죽음이란 애벌레가 나비가 되는 것처럼 더 높고 멋진 세계에 새롭게 태어나는 것임을 알려주기 위해서였습니다.

이런 그답게 자신의 장례식도 나비로 뒤덮게 했습니다. 장례식의 절정은 그의 자녀가 관 앞에서 작은 상자를 열어 나비가 날아가게 한 것입니다. 이어서 조문객들도 미리 받은 봉투를 열었는데, 그때 봉투에서 파란 나비가 나와 공중으로 날아갔습니다. 그는 이를 통해 자신이 이제 나비처럼 자유롭게 되었음을 알리고 싶었

을 것입니다. 또한 은하수로 가서 노래하고 춤추겠다
고 표현한 것입니다.

오!
나마저 존재치 않게 하라

—

나는 돌로 죽었다. 그리고 꽃이 되었다.
나는 꽃으로 죽었다. 그리고 짐승이 되었다.
나는 짐승으로 죽었다. 그리고 사람이 되었다.

그런데 왜 죽음을 두려워하는가.
죽음으로 내가 더 보잘것없는 것으로 변한 적이 있었는가.
죽음이 나에게 나쁜 짓을 한 적이 있었는가.
내가 사람으로 죽으면 축복받은 천사와 함께 날아오를 것이다.

그러나 천사의 세계조차 지나가야 한다.
신이 아닌 것은 모두 소멸되기 때문이다.
천사의 영혼마저 단념하면 어떤 사람도 꿈꾸지 못한 존재가 되리라.

오! 나마저 존재치 않게 하라.
오직 무無만이 천상의 음률로 외친다.
우리는 그분께 돌아가리라.*

—

* 《The Essential Rumi》, Jalal al-Din Rumi, Castle Books 2004

이슬람교 최고의 신비주의자
| 메블라나 잘랄루딘 루미

수피즘이라 부르는 이슬람 신비주의는 그들의 신인 알라와의 신비로운 합일을 목표로 합니다. 그래서 신비주의라고 부릅니다. 신비로운 합일이 가능한 것은 오랜 탐구와 수행 끝에 자신이 '알라'임을 발견하기 때문입니다. 알라가 저 밖에 있는 줄 알았는데, 사실은 내 내면 깊숙한 곳에 있는 마음이 알라임을 깨닫는 것이지요. (그래서 사실 '합일'이라는 표현은 어울리지 않습니다. 한 번도 이 절대 실재인 알라와 떨어져 있지 않았기 때문입니다.)

이슬람의 대표적인 신비주의자 메블라나 잘랄루딘 루미Jalal al-Din Rumi(1207~1273)는 이 목표를 이루기 위해 이른바 '세마춤'이라 부르는 회전춤을 고안해냈습니다. 이 춤은 일정한 복장을 갖추고 빙빙 돌면서 추는 춤입니다. 스스로 돌면서(자전), 그와 동시에 다른 사람과는 원을 만들며 돌면서(공전) 추는 춤입니다. 계속 추다 보면 자신의 의식은 사라지고 엑스터시(망아경忘我境)에 몰입하게 됩니다. 이 망아경 속에서 신과 합일되는 경험을 할 수 있다고 합니다.

  루미의 시는 우리의 죽음 뒤에 또 다른 삶이 있다고 말하지 않습니다. 그보다는 우리가 죽음을 통해 계속해서 한 단계씩 진화한다고 말해줍니다. 존재의 위계 구조에서 가장 낮은 단계에서 시작해 우리는 끊임없이 진화합니다. 생명이 없는 돌에서 생명이 있는 꽃으로, 그다음 감정이 있는 동물이 되고 드디어 이성을 가진 인간으로 진화한 것입니다.

이것은 인간이 진화하는 과정이기도 합니다. 몸이라는 물질도 있고 생명도 있고 감정도 있지만, 마지막으로 지각 능력을 갖추면 순전한 인간이 되는 것이지요. 그러나 인간의 진화는 이것으로 끝나지 않습니다. 죽으면 영혼이 되어 천사와 함께하지만, 그 상태에서도 또 죽어야 합니다. 모든 것이 다 소멸되어야 합니다. 그래야 신을 만날 수 있습니다. 이것이 바로 루미가 말하려는 것입니다.

루미는 죽음은 전혀 두려워할 것이 아니라고 합니다. 심지어 죽음은 감미로우며 영원을 향해 여행하는 것이라고 표현했습니다. 이유는 간단합니다. 우리는 죽음으로써 소멸되는 것이 아니라 더 높은 단계로 가기 때문입니다. 더 높은 단계로 진화하니 죽음을 두려워할 이유가 없습니다.

인간은
사후에도
여전히 인간이다

—

사람은 누구나 영의 몸을 가졌습니다.
이 세상의 몸과 같은 모습입니다.
사람 내면을 보면 이 세상에서나 저세상에서나 영입니다.
사람이 죽어서 영으로 변해도
자기가 더는 이 세상의 몸에 있지 않음을 알지 못합니다.
즉 자기 죽음을 깨닫지 못하는 것이지요.
몸을 잃었다고 해서 무엇을 잃은 것이 아닙니다.
(우리 영혼이) 타고난 성품을 그대로 간직하기 때문입니다.
인간은 사후에도 여전히 인간입니다.*

—

* 《Heaven and Hell》, Emanuel Swedenborg, Swedenborg Foundation
Publisher 2011

인간계와 영계의 이중시민권자
| 에마누엘 스베덴보리

에마누엘 스베덴보리Emanuel Swedenberg(1688~1772)는 가장
뛰어난 개신교 신비가 가운데 한 사람입니다. 아니, 인류 사
회에 존재한 신비종교가 중 영의 세계에 관한 한 가장 뛰어난
사람이라 할 수 있습니다. 스베덴보리는 당시 유럽 사회에서
대단히 저명한 과학자이자 철학자, 신학자였습니다.

그를 독보적인 존재로 만든 것은 영계 체험입니다. 그는 일
생에서 약 27년에 걸쳐 천사의 도움을 받아 영계를 방문했
습니다. 이때 천사는 지상에서 육화肉化되지 않고 영계에만
있는 존재를 말합니다. 스베덴보리는 몸에서 빠져나와 영혼
의 상태로 천사의 안내를 받아 넓디넓은 영계를 돌아다니면
서 하계(지옥)와 천계(천당) 등에 있는 많은 영혼과 대화를 나
누었다고 합니다. 그런 의미에서 그는 인간계와 영계의 이중
시민권double citizenship을 가진 희귀한 인물이라 하겠습니다.
이러한 체험을 정리해 여러 권의 책을 펴냈습니다.

스베덴보리에 따르면, 영계는 천국 3층, 지옥 3층 등
총 6층으로 되어 있습니다. 사람이 죽으면 영인靈人이
되어 이 가운데 한 층으로 가게 됩니다. 영혼을 '영인'이

라는 독특한 단어로 표현한 것은 우리가 죽어서 영계로 가도 변하는 것이 없기에 여전히 사람이라는 의미로 쓴 것입니다. '영적인 사람'이라는 뜻이지요.

우리는 죽은 뒤에도 생전의 성품이나 체험, 기억 등이 그대로여서 영계에서도 이승과 똑같이 느끼고 인식하고 행동한다고 합니다. 그래서 적지 않은 영혼이 자신이 죽었다는 사실을 모른다네요. 스베덴보리에 따르면, 이럴 경우 곁에서 천사가 그 사실을 알려주는데도 수긍하지 못하는 영혼들이 있답니다.

우리가 죽으면 바로 이 하늘 중 하나로 가는 것은 아니라고 합니다. 몸을 벗은 뒤 처음 가는 곳은 중간 영역으로, 거기 머물면서 자신이 생전에 한 일에 대해 (스스로) 검사한다고 합니다. 황당하게 들리는 이야기이지만, 근사체험자들의 증언과 일치하기도 합니다. 근사체험자들은 몸을 갓 벗은 후 영의 상태에서 빛의 존재와 함께 지난 삶을 영상으로 회고했다고 합니다. 이른바 '라이프 리뷰'이지요. 이때 과거에 일어난 사건들의 진정한 의미를 알게 됩니다. 예를 들면, 왜 내 남편은 알코올 중독자였는지, 왜 아버지는 나를 학대했는지, 왜 나는 장애인으로 태어났는지 등 살아 있을 때는 왜 그런지 알 수 없었던 일들의 의미가 분명하게 드러나는 것입니다.

스베덴보리도 그러한 삶의 회고가 있었다고 말합니다. 그 과정을 마친 후에 앞에서 본 6층 가운데 자신에게 맞는 층으로 가게 됩니다. 그런데 그곳 역시 영원히 있을 곳은 아닙니다. 어떤 식으로든 학습하게 되면 더 높은 하늘로 올라갈 수 있다고 증언합니다.

우리가 귀담아들어야 할 것은 이 영역에서는 자신의 진정한 내면이 있는 그대로 드러나기 때문에 위선은 전혀 통하지 않는다는 것입니다. 지상에서는 얼마든지 다른 사람의 눈과 귀를 속일 수 있지만, 거기서는 그렇게 할 수 없습니다. 내면이 맑은 사람일수록 높은 층으로 가고 탁한 사람일수록 낮은 층으로 가게 됩니다.

스베덴보리의 이런 주장이 매우 생경하게 들리지만 지금까지 많은 저명인사들이 스베덴보리를 한껏 칭송했습니다. 괴테는 자신의 대표작인 《파우스트》를 완성하지 못하고 있을 때, 스베덴보리의 《천국과 지옥》을 읽고 영감을 받아 메피스토펠레스의 캐릭터를 창조해 마침내 대작을 완성했다고 합니다. 프랑스의 유명 작가인 발자크는 종교를 두루 섭렵했지만 결국 스베덴보리에게 돌아왔다고 했습니다. 그는 스베덴보리의 책을 프랑스어로 옮기는 데 많은 시간을 바쳤습니다. 선불교를 미국에 처음 소개한 일본의 스즈키 다이세쓰는 스베덴보리가 북구의 아리스토텔레스이자 서구의 붓다라고 칭송했습니다.

이 이외에도 수많은 사람이 그를 기리고 그에게서 큰 영향을 받았다고 했습니다. 미국 초대 대통령인 워싱턴, 그리고 링컨, 신비 시인인 윌리엄 블레이크, 철학자인 칸트도 그들 중 하나입니다.

영혼,
지상 그대로의 세계

—

사람은 세 가지 몸으로 구성되어 있습니다.
육체, 심령체psychic body, 지성체noetic body입니다.
사람이 죽으면 육체만 사라지고 다른 두 몸은 남습니다.
이 두 몸이 영계에서 지구의 삶 그대로의 세계를 만듭니다. 지상에서 살던 대로 사는 거지요.
영계에서 자신이 좋아하는 음식을 만들어 먹고 포도주를 마시기도 합니다. 그러나 이것은 실물이 아닙니다. 모두 생각이 만든 것입니다.
영계에서는 생각이나 욕망을 염체念體로 응집해 외부 환경을 만들어낼 수 있습니다. 게다가 지상에 살 때의 성격이나 능력, 성향도 그대로 가지고 있습니다.
생각으로 주관적인 세계를 만들어놓고 그것이 실재한다고 믿기에, 자기 육체가 죽은 걸 모르는 사람도 있습니다.[*]

—

[*] 《The Magus of Strovolos》, Kyriacos C. Markides, Penguin Books 1989

지중해에 살았던 현대 최고의 신비가
| 다스칼로스

그리스계의 대표적인 현대 성자인 다스칼로스^{Daskalos} (1912~1995)는 지중해의 섬나라인 키프로스에서 태어났습니다. 본명은 스틸리아노스 아테쉴리스$Στυλιανός Αττεσλής$입니다. 다스칼로스는 그리스어로 '스승'을 뜻하는 보통명사로, 사람들이 그를 그렇게 불러 별칭이 된 것이지요. 그는 평생 평범한 공무원으로 살았지만, 그런 일상적 삶과는 달리 신비스러운 치유자로 더 유명했습니다.

다스칼로스는 예수를 따르는 기독교인이었습니다. 그에게는 자신을 인도하는 수호 영혼이 있었다고 합니다. 그 수호 영혼은 대천사인 '요하난(사도 요한)'이라 했습니다.

퀴블러 로스도 《사후생》에서 우리 인간에게는 한 명 이상의 수호 영혼이 있다고 했습니다. 할아버지나 형처럼 가까운 친지인 경우가 대부분이라고 합니다. 이 수호 영혼들은 급이 높은 영혼은 아닙니다. 그에 비하면 다스칼로스의 수호 영혼인 사도 요한은 예수의 제자이니 큰 영적 능력을 지닌 영혼임을 알 수 있습니다. 이런 영혼의 인도를 받는 사람들은 살면서 큰일을 해야 합니다. 쉽게 말해 다른 사람들을 위해 살아야 할 팔자라는 것입니다.

다스칼로스는 대천사의 가르침에 따라 생활하고 그의 도움으로 많은 사람을 고쳤습니다. 그리고 영계를 자유롭게 드나

들면서 많은 사람을 도왔습니다. 그러나 이런 능력 탓에 기성 종교계로부터 질시를 받았고, 스스로 사회에 노출되는 것을 꺼려 언론 인터뷰에는 일절 응하지 않았습니다.

다스칼로스의 언행은 동향이자 미국 메인대학 사회학과 교수였던 마르키데스에 의해 책으로 정리되어 출간되었습니다.[*] 마르키데스는 사회과학자답게 처음에는 다스칼로스의 능력을 의심했지만, 그와 같이 지내면서 그의 능력을 목격하고 인격에 감화하여 다스칼로스의 전기를 썼습니다.

다스칼로스는 실로 불가사의한 사람입니다. 얼굴을 보면 매우 평범해 보입니다. 하지만 인간계와 영계를 자유롭게 다니면서 치유할 수 없는 병을 고치고 해결 불가능해 보이는 일들을 풀어냈습니다. 그가 이야기하는 영의 세계는 마치 신화의 세계처럼 들립니다.

다스칼로스는 체외이탈로 자신이 만나고 싶은 영혼을 만나 그가 그 세계에서 편안하게 살 수 있게 도와주고, 다른 영계 스승들(영계에만 존재한다는 마스터들)의 도움으로 지상에서 곤경에 처한 사람들을 도와주었습니다. 이처럼 그는 지상계와 영계를 관통하는 법칙이나 원리에 통달했고, 이를 자유자재로 구사해 사람들에

-----

[*] 한국에는 《지중해의 성자 다스칼로스》 1, 2, 3(이균형 등 역, 정신세계사 2007)으로 번역되어 나왔다.

게 도움을 주었다고 합니다.

그는 기독교도였지만 윤회를 설했고 인간을 지배하는 카르마 법칙에 대해서도 많은 가르침을 남겼습니다. 많은 사람을 신적인 힘으로 치료하면서도 어떠한 보상도 원하지 않았습니다. 진정한 박애 정신을 보여주었지요.

그의 주장은 신플라톤주의와 상통합니다. 이에 따르면 인간은 절대영(뉴마)에서 나와 자신의 인격을 형성하며, 수없이 환생하면서 경험과 지혜를 쌓는데 이는 자기완성의 정점인 절대영과 다시 합일하기 위함이라고 합니다. 불교도 이와 비슷한 주장을 합니다. 우리의 개별 자아가 수많은 생을 겪으면서 얻은 지혜로 자아초월을 이루어 윤회에서 벗어난다는 것입니다.

앞에서 인용한 이야기는 그가 겪은 일 가운데 인간의 사후와 관계된 이야기입니다. 우리의 죽음이 육체의 종말에 불과하며 다른 몸으로 계속 존재한다는 것은 다른 신비가들의 주장과 비슷합니다. 그는 우리가 사후에 갖게 되는 몸을 '심령체'와 '지성체'라고 불렀는데, 이것은 영체나 영혼을 가리키는 그만의 독특한 단어입니다.

이 영체가 영계에서 자기 생각에서 나오는 에너지로

외부 환경을 만드는 능력을 가졌다는 이 이야기는 매우 이채롭습니다. 그래서 자신이 지상에서 좋아했던 음식이나 포도주를 만들어 먹고 마신다고 합니다. 이처럼 주위 환경이 지상과 똑같이 펼쳐져 자신이 죽었다는 사실을 모르는 영혼이 있다는 것입니다. 이것은 스베덴보리나 마르티누스도 똑같이 주장했습니다.

이러한 이야기에 자극받아 미국에서는 여러 편의 영화가 만들어져 우리의 주목을 끌었습니다. 〈식스 센스〉(브루스 윌리스 주연), 〈디 아더스〉(니콜 키드먼 주연), 〈애프터라이프〉(리암 니슨 주연) 등이 그런 영화입니다. 주인공들은 자신이 죽었다는 사실을 알지 못하고 영계에서도 지상에서와 똑같은 삶을 삽니다. 이런 영화들이 제작된 것은 미국 사회에서 이 주제에 관한 관심이 커지고 많은 연구가 진행되고 있음을 보여줍니다.

다스칼로스 같은 신비가의 주장이 진실한지 아닌지는 보통 사람으로서는 판단하기 어렵습니다. 그러나 여러 신비가들의 주장은 서로 다른 시대와 문화권에서 살았음에도 불구하고 놀라울 정도로 흡사하며 큰 틀에서는 정확히 일치합니다. 이들은 내적으로 흔들리지 않는 일관성을 지녔고, 모두가 큰 자비를 지닌 도덕가였습니다. 이런 점 때문에 그들의 주장은 더 큰 설득력을 얻었습니다.

2

세상을
떠나다

삶의 마지막 모습

하늘과 땅은 나의 관,
해와 달과 별은 순장품

—

이 세상에 태어난 것은 태어날 때를 만났기 때문이다. 이 세상을 떠나는 것도 죽을 운명을 따르는 것뿐이다. 때에 편안히 머무르며 자연의 도리를 따른다면 기쁨이나 슬픔 따위의 감정이 끼어들 여지가 없다. 생사를 모두 자연에 맡길 때 사람은 생사를 초월하고 그 고통에서 빠져나올 수 있다.*

—

* 《장자》 양생주(養生主)에서

—

장자의 임종이 가까워지자 제자들은 성대하게 장사지낼 준비를 했다. 장자가 이렇게 말했다.

"나는 하늘과 땅을 나의 관으로 삼고 해와 달을 한 쌍의 옥으로 삼으며 밤하늘의 별을 진주로 삼을 것이니 만물이 나의 순장품이다. 이 정도면 내 장례 준비는 갖추어지지 않았느냐? 또 무엇을 덧붙이려 하느냐?"

그러자 제자들이 말했다.

"저희는 까마귀와 솔개가 선생님을 파먹을까 걱정됩니다."

장자는 이렇게 대답했다.

"위로는 까마귀와 솔개에게 먹히고, 아래로는 땅강아지와 개미에게 먹히는 법이다. 저쪽 것을 빼앗아 이쪽에만 주면 불공평하지 않겠느냐?"**

** 《장자》열어구(列禦寇)에서

중국 정신사에서 가장 자유로운 사상가
| 장자

도가道家의 대표자인 사상가 장자의 사상을 담은 《장자》는 내편內編 7, 외편外編 15, 잡편雜編 11로 모두 33편으로 구성되었으며, 참된 삶을 위한 인생지침서이다. 양생주는 《장자》 내편에 수록되어 있고 열어구는 《장자》 잡편에 실려 있다.

윗글은 장자의 죽음관을 논할 때 가장 많이 인용되는 구절입니다. 이와 더불어 장자가 자기 아내가 죽었을 때 보여준 언행도 널리 알려져 있습니다.

장자의 아내가 죽자 친구인 혜시가 조문 차 찾아왔습니다. 그런데 뜻밖에도 장자가 다리를 뻗은 채로 항아리를 두들기면서 노래를 부르고 있었습니다. 장자의 이런 모습에 놀란 혜시가 그 까닭을 물었습니다. 장자는 이렇게 대답했습니다.

"처음에는 나도 슬펐지만 생각해보니 슬퍼할 이유가 없었네. 왜냐하면 (내 아내는) 처음부터 삶도 없었고 몸이라는 형체도 없었고, 형체를 이루는 기도 없었지. 그러다 문득 기가 모여 형체를 이루고 그것이 변해 생명이 생긴 것이네. 그런데 지금은 다시 변해 기가 없었던 혼돈의 상태, 즉 죽음으로 되돌아간 것이니 이것은 사계절이 바뀌는 것과 다를 것이 없다네."

따라서 사람이 죽는 것은 사계절이 바뀌는 것처럼 자연스러운 일이니 슬퍼할 것이 없다는 것입니다. 이는 《장자》 외편의 지락편至樂篇에 나오는 이야기입니다만, 장자 자신이 쓴 이야기로 보기 어렵습니다. 왜냐하면 장자의 이런 모습이 깨친 사람으로 보이지 않기 때문입니다. 이렇게 생각하는 것은 다음과 같은 이유에서입니다.

아내를 잃은 장자는 처음에는 자신도 슬펐다고 고백했습니다. 그런데 가만히 생각해보니 그럴 필요가 없다는 것을 깨닫고 슬픔을 거두고 노래를 불렀다고 합니다. 이것은 진인眞人의 모습이 아닙니다. 진인은 처음부터 옳은 태도를 견지하지 이 이야기의 장자처럼 다시 한 번 생각해보고 태도를 바꾸는 법이 없습니다. 왜냐하면 진인은 어떤 판단을 내리든 틀릴 수 없기 때문입니다(만일 틀린다면 그는 진인이 아닙니다!). 따라서 이 이야기는 장자 자신이 아니라 그를 따르는 이가 쓴 듯합니다. 그렇지만 장자의 죽음관을 어느 정도 살펴볼 수 있습니다.

장자의 생사관을 단도직입적으로 보면, 매우 엄하고 냉정합니다. 왜 그럴까요? 장자의 생사관, 특히 죽음관은 기존 종교에서처럼 절대자를 상정해 의존하거나 영혼 혹은 사후세계에 대한 믿음을 강요해 영생을 약속하지 않기 때문입니다. 따라서 신에게 심판받거나 지은 업보에 따라 환생한다는 관념적인 생사관과는 거리가 멉니다.

장자의 생사관은 그의 철학과 맥을 같이 합니다. 아주 단순하지요. 즉, 모든 것의 근원인 도에 바탕을 두고 자연적인 삶을 사는 것입니다. 우리는 자연에서 와서 다시 자연으로 돌아가니 자연의 부분이라 할 수 있습니다. 우리는 이렇게 왔다 가지만 자연은 항상 그대로입니다. 따라서 자연 안에서 우리는 오지도 가지도, 또 태어나지도 죽지도 않았습니다. 이처럼 생사를 자연에 맡겨놓으면 죽음에서 자유로울 수 있습니다. 죽음을 편안하게 받아들일 수 있지요.

이렇게 죽음을 자연의 과정으로 받아들인 사람은 만물을 평등하게 봅니다. 아주 통이 크지요. 특히 장례에 관한 장자의 말은 너무 통이 커 할 말을 잃을 지경입니다. "하늘과 땅이 관이고, 해와 달과 별이 순장품"이라고 하니 말입니다. 그러면서도 아주 섬세합니다. 땅 위의 동물이나 땅 아래 곤충을 평등하게 대합니다. 생각하는 방법이 평범한 우리와는 차원이 다릅니다.

그런데 이 문구도 장자가 직접 쓴 것 같지 않습니다.

허세가 보이기 때문입니다. 여기에 나온 장자의 말대로라면, 시신을 그냥 땅 위에 버려야 합니다. 그러나 진짜로 그대로 한다면 위생 문제를 비롯한 여러 문제가 생길 것이니, 시신을 관에 넣는 것 같은 최소한의 조치가 필요합니다. 인간 세상에서 누구나 지켜야 할 도리이지요. 또 동물에게 자신의 시신을 공평하게 나누겠다고 했지만 그것도 무리가 따릅니다. 겉멋을 부린 느낌마저 듭니다. 장자가 했음 직한 말은 처음 인용문입니다. 여기서 장자는 어떤 허세도 없이 담담하게 자연을 따르라고만 말하고 있습니다.

자연을 따라 죽음이 다가오는 것을 그저 자연스럽게 받아들이라는 장자의 말이 이해는 됩니다. 머리로는 받아들일 수 있지요. 그런데 과연 그렇게 할 수 있는 사람이 몇이나 될까요? 우리는 평소에는 죽음을 담담하게 받아들일 수 있다고 생각하지만 실제로 죽음이 임박하면 두려움에 어쩔 줄 몰라 합니다. 그러니 죽음을 이렇게 수용할 수 있는 사람은 장자와 같은 진인밖에는 없을 것입니다. 진인은 특별한 수행으로 이미 득도의 경지에 올랐으니, 이렇게 초연한 태도를 보이는 것입니다.

도대체 어떤 수행을 했기에 이런 경지에 도달한 것일까요? 장자가 소개한 수련 가운데 가장 많이 알려진 것은 심제心齊와 좌망坐忘입니다. '심제'는 '마음 비우기' 혹은 '고정관념 벗어나기'로 이해할 수 있습니다. 영어로는 'fasting of the mind'라고 옮깁니다. '좌망'은 '앉아서 모든 분별심을 잊는다'는 뜻으로, 영어로는 'forgetfulness in the sitting'이라고 번역합니다. 그런데 장자는 명상 상태만 이야기하고 이러한 상태에 들어가는 방법에 대해서는 아무 말도 하지 않았습니다.

이 두 수련이 이름은 다르지만 결국 목적은 같습니다. 모든 것을 나누는 이원론적인 사고를 초월하라는 것입니다. 대부분의 동양 종교가 주장하는 것이지만, 이를 이룬 사람은 '극극' 소수입니다. 너무 적어서 '극극'이라는 표현을 썼습니다. 따라서 이런 식의 죽음 극복법은 우리와는 관계없어 보입니다. 그러나 이러한 세계를 아는 것은 죽음을 진지하게 생각하게 되었을 때 많은 도움이 될 것입니다.

장자의 생사관은 무척 훌륭하지만 문제점도 있습니다. 우리는 아무것도 없는 데서 왔다가 수명을 다하면 그리로 다시 돌아간다는 것이 그것입니다. 우선 드는 의문은, 장자는 우리가 아무것도 없는 데에서 왔다는 것을 어떻게 알 수 있다는 것일까입니다. 장자는 아마도 육신만 염두에 둔 것 같습니다. 아무것도 없었지만 기가 뭉쳐 형태(즉 육신)를 이루고 여기에 생명이 생긴

다는 것은 몸에만 해당하는 설명으로 보입니다. 그는 인간의 의식이 어디서 어떻게 형성되었는지에 대해서는 이야기하지 않습니다. 몸처럼 의식도 아무것도 없는 데에서 왔다가 죽으면 같이 사라지는 건지, 그런 설명이 전혀 없습니다. 장자가 의도적으로 무시한 것인지, 아니면 정말로 의식에 대한 성찰이 없었는지는 잘 모르겠습니다. 이에 대해서는 좀 더 많은 연구가 필요할 것입니다.

잊혀진 질문:
가톨릭 사제에게 묻다
—

- 영혼이란 무엇인가?
- 인간이 죽은 후 영혼은 죽지 않고 천국이나 지옥으로 간
  다는 것을 어떻게 믿을 수 있나?
- 신의 존재를 어떻게 증명할 수 있나? 신은 왜 자신의 존
  재를 똑똑히 드러내 보이지 않는가?
- 신이 인간을 사랑한다면 왜 고통과 불행과 죽음을 주었
  는가?
- 종교란 무엇인가?*

—
* 《잊혀진 질문》, 차동엽, 명진출판 2012

인생의 마지막 질문
| 이병철

삼성그룹을 세운 이병철 회장은 세상을 떠나기 한 달 전, 한 가톨릭 사제에게 스물네 가지 질문을 했습니다. 앞의 질문은 그 가운데 우리 주제와 관련한 것들입니다.

이병철(1910~1987) 회장은 이 질문을 던지고 답을 듣지 못했지요. 한참 지난 2012년에 차동엽 신부가 《잊혀진 질문》이라는 제목으로 이 질문들에 대한 답을 정리하여 책을 출간했습니다.

　이병철 회장의 스물네 가지 질문을 보면 확실히 남다른 데가 있습니다. 그가 일생 추구했던 회사 경영과는 아무 관계가 없을 뿐만 아니라 돈을 좇아 평생을 산 사람들이 별로 관심을 갖지 않을 주제들입니다. 이런 질문을 한들 돈이 더 벌리는 것도, 사업 경영에 도움이 되는 것도 아니기 때문입니다. 평생을 사업만 한 사람은 많은 경우, 마지막까지 돈에 관심을 갖다가 속절없이 세상을 떠나고 맙니다.

　그러나 이 회장은 달랐습니다. 이 질문을 던졌을 때, 어쩌면 그는 사업에서 이룰 것은 다 이루었다고 생각했던 것 아닐까요? 그런데 임종 시간은 가까이 오니 영혼이나 사후생, 신의 존재 등과 같은 종교적이며 궁극적인 문제에 눈을 돌린 것 아닐까요. 이승 일은 다 마쳤으니 저승 일이 궁금해졌을 겁니다. 혹은 그간 해왔던 사업들보다 훨씬 의미가 크다고 할 수 있는, 인생에서 가장 중요한 문제에 눈을 뜬 것으로 보입니다.

죽음학의 최고 권위자인 퀴블러 로스는 죽음을 '인생의 마지막 성장 기회'라고 했습니다. 우리는 평소 돈이나 명예, 혹은 욕망을 좇느라 위에 열거한 문제에 별 의문을 품지 않습니다. 위의 질문들이야말로 우리 생에서 가장 중요한 것인데도 말이죠. 그러다 자신의 삶이 몇 개월 남지 않은 말기 질환 상태에 들어가면, 그때 비로소 이런 질문에 관심을 기울입니다. 그렇지 않습니까? 내가 이제 몇 개월밖에 못 산다는데 무슨 돈이, 무슨 땅이 필요하겠습니까? 그제야 일생 추구했던 돈이나 땅, 주식, 명예 등이 헛것임을 알게 됩니다. 그리고 궁극적인 문제들에 의문을 품기 시작합니다.

사실은 임종 때조차 이런 의문을 품는 사람은 매우 희귀합니다. 임종 때가 되었다고 사람의 태도가 달라지진 않기 때문입니다. 그래서 이병철 회장이 대단하다는 겁니다. 인생의 마지막에 가장 중요한 문제를 탐구함으로써 자신의 인생을 요령 있게 마무리하려고 했으니 말입니다.

이병철 회장은 이 질문을 가톨릭 신부에게 보냈습니다. 신부의 대답은 아마도 가톨릭 신학 내에서만 가능한 대답이었을 것입니다. 하지만 그 질문은 비단 그리스도교에만 해당하는 것이 아니라 모든 종교와 관계된 것입니다. 해답을 구했으나 범위가 너무 작았습니다.

또 다른 문제도 있습니다. 이 질문에 대한 적절한 답을 과연 얻을 수 있었을까요? 과연 그것이 가능한 일일까요? 이 의문은 수학 문제처럼 풀면 바로 답이 나오는 그런 것이 아닙니다. 답을 얻기 위해선 수십 년을 공부해야 하고 고된 수련이 필요할지도 모릅니다. 답을 듣는다고 금방 깨칠 수 있는 게 아닙니다.

만일 이 회장이 살아 있다면 나는 거꾸로 그에게 질문하고 싶습니다. 돈을 버는 방법에 관한 24가지 질문을 하는 것입니다. 그는 어떻게 답했을까요? 제 예상은 이렇습니다. '내가 서면으로 답한다 한들 그것으로 돈을 버는 것은 어불성설이다. 내 밑에 오든지 아니면 현장에 뛰어들어 수십 년 동안 치열하게 일하다 보면 당신 스스로 그 방법을 알아낼 것이다'라고 하지 않을까요?

그렇습니다. 도의 길이든 사업의 길이든 무엇인가 조금이라도 깨치려면 수십 년의 공력이 필요합니다.

하지만 이 회장은 중요한 질문에 대한 답을 쉽게 얻으려 했습니다. 다만, 세계적인 그룹을 일궈낸 사람답게 그가 던진 질문은 무척 날카로웠습니다. 우리도 스스로 이 같은 질문을 만들고 자성自省하는 시간을 가져보는 게 좋겠습니다.

이번 생에 잘 죽어야
다음 생에 잘 태어나 잘살고
—

보통 사람들은 현재 삶을 어떻게 사느냐에 관심 있지만,
지혜를 갖추면 죽는 일도 무척 중요한 일임을 알 수 있네.
이번 생에 잘 죽어야 다음 생에 잘 태어나서 잘살 수 있는
것과 같은 이치로 잘 태어나서 잘사는 사람이라야 잘 죽
을 수 있음을 알기 때문이지.

다시 말해 삶은 죽음의 근본이요, 죽음 역시 삶의 근본이
라는 이치를 잘 알고 있다는 말이네. (중략) 나이 사십이
넘으면 천천히 죽음을 준비하기 시작해 나중에 죽음이 임
박했을 때 허둥지둥하지 말게.

(임종 시 주의해야 할 일에 대해)

당사자가 임종하면서 호흡을 모으면 절대로 목 놓아 울거
나 그의 몸을 흔들거나 소리쳐 부르며 시끄럽게 해서는
안 되네. 그런 행동은 떠나는 사람의 정신을 어지럽게만
할 뿐 아무 이익도 없다네. 정 슬픔이 북받쳐 울음을 참지
못하겠거든 몇 시간 후 그 영혼이 완전히 떠난 다음에 울
어야 하네.

(임종이 닥쳤을 때 해야 할 일)

임종이 가까워지면 마음을 수습하고 생각을 비워 정리할
준비를 해야 하네. 평소에 다른 사람을 원망하거나 원한

산 일이 있었다면 그 사람과 직접 만나 맺힌 마음을 풀어야 하네. 원망심을 풀지 못하면 다음 생에 나쁜 인연을 만들 수 있기 때문이지.

평소에 가졌던 집착도 버려야 하네. 이 집착심을 놓지 못하면 죽어야 할 때 죽지 못할 뿐만 아니라 죽는 순간이나 그 뒤에도 미혹 속에서 방황하게 되기 때문이지.

이렇게 노력하다 최후 순간이 오면, 정신을 통일해 모든 생각을 잊고 그 상태에서 떠나가야 하네. 이렇게 하려면 평소에 계속 수행해야 하네. 죽을 때가 되어 갑자기 하려 하면 할 수 없네.*

---

* 《원불교 교전》축약 발췌, 원불교출판사 1962

임종 시 꼭 해야 할 일

| 박중빈

소태산 박중빈(1891~1943) 선생은 원불교를 창시한 분입니다. 위 이야기는 원불교 교전에 있는 것을 현대어로 고친 것입니다. 종교 경전 가운데 원불교 교전처럼 임종을 맞을 때 어떻게 해야 하는지를 자상하게 밝힌 경전은 없는 것 같습니다. 소태산은 임종을 맞은 본인이 해야 할 일과 가족이 해야 할 일을 구분하여 아주 세세하게 말해줍니다. 이것은 종교 교주로서 당연히 해야 할 일을 한 것으로 생각되는데, 다른 종교 경전에는 이런 것이 없습니다.

소태산의 말은 현대 죽음학자들이 주장하는 것과 모든 면에서 일치합니다. 우선 삶과 죽음은 하나라는 것이 그렇습니다. 잘 살고 싶으면 잘 죽어야 하고, 잘 죽고 싶으면 잘 살아야 한다는 지극히 평범한 가르침이 그렇습니다. 그런 의미에서 '죽음학'이라는 용어는 적절치 못합니다. 한자로는 '生死學^{생사학}'이라 하는데, '삶과 죽음의 학문'이니 이 용어가 맞아 보입니다. 삶 속에 죽음이 있고 죽음 속에 삶이 있기 때문입니다.

소태산은 미리 죽음을 준비하라고 합니다. 이 역시

지극히 타당합니다. 이른바 죽음 교육은 젊을 때 하지 않으면 안 됩니다. 나이가 들면 주견主見이 고정되어 새로운 것을 받아들이기 어렵기 때문입니다. 노인들이 죽음학에 관심이 많을 거로 생각하지만, 실은 정반대입니다. 노인일수록 죽음을 이야기하고 싶어 하지 않습니다. 왜일까요? 답은 간단합니다. 죽음이 가까이 와 있어 대면하기 싫은 것입니다. 그러니 젊을 때 이 공부를 하라는 것인데, 소태산은 그 시기가 40세라며 구체적인 나이까지 밝혀 재미있습니다.

그다음 이야긴 어디서도 들어보지 못한 귀한 가르침입니다. 당사자가 막 임종하려 할 때 황망하고 슬픈 나머지 크게 울거나 그의 몸을 흔들고 '가지 말라'고 소리치지 말라는 것입니다. 이렇게 하면 혼이 몸을 빠져나갈 때 힘들기 때문이라고 합니다. 충분히 그럴 만한 주장입니다. 왜냐하면 영혼은 에너지체이니 사람들의 생각에서 나오는 기운에 영향 받을 수 있기 때문이지요. 가족들이 당사자 앞에서 가지 말라고 소리치면, 그것은 강력한 기운이 되어 혼을 붙잡을 수 있습니다.

그다음 가르침은 더 현실적입니다. 가족들이 울고 싶으면 당사자의 혼이 다 나간 다음에 울라고 하니 말입니다. 배웅이 끝난 다음에 울라는 것입니다. 세상에 이보다 더 세세한 가르침이 있을까 싶습니다.

당사자가 해야 할 일에 관한 가르침도 있습니다. 여기서도 소태산은 핵심을 찌릅니다. 우선 마음을 정리하라고 합니다. 특히 원망이나 증오의 마음을 다 풀어야 합니다. 어떤 사람을 원망하거나 원망을 받은 적이 있다면 그 사람을 불러 용서하거나 용서를 받아서 맺힌 마음을 풀어야 합니다. 만일 그를 만날 수 없다면 스스로라도 풀어야 합니다. 이렇게 해야 하는 이유는 그 마음을 풀지 않으면 영계에서도 그 마음이 유지되어 좋지 않은 환경을 만들기 때문입니다.

그렇게 모든 사람을 용서하고 자신도 용서한 다음, 정말로 최후의 순간이 오면 어떤 것에도 집착하지 말고 한 생각에 집중하라고 권합니다. 이때 가질 수 있는 집착 가운데 가장 큰 것은 육신을 떠나기 싫어하는 마음입니다. 몸에서 빠져나가지 않으려고 온갖 노력을 하는 사람들이 적잖게 있습니다. 어리석은 짓입니다. 본인만 힘들 뿐입니다. 가야 할 길은 순리대로 가는 것이 좋습니다. 게다가 저 위 세상은 이곳과는 비교할 수 없이 좋습니다.

그다음 중요한 것은 정신을 통일하는 일입니다. 그래야 어떤 원망이나 집착 없이 편하게 몸을 벗을 수 있습니다. 이것은 결코 쉬운 일이 아닙니다. 보통 사람들은 평소에도 잘 집중하지 못하는데, 어떻게 임종 때 집중할 수 있겠습니까? 그래서 소태산은 미리 수행하라고 권한 것입니다.

이 글을 보면 평소에 어떻게 사는 것이 잘 사는 것인지 다 드러납니다. 원망과 증오를 멀리하고 열심히 수행하고 죽음을 공부하는 것입니다. 죽음 교육이 바로 이것입니다. 죽음 교육은 어릴 때부터 해야 합니다. 이른 것이 아닙니다. 안타깝게도 한국 사회는 아직도 죽음 교육의 필요성을 절감하지 못하고 있습니다.

순수한 빛 속으로 스며들라
그 빛이야말로 당신의 본질이다

─

친구여!

지금 당신에게 죽음이 찾아오려 한다.

당신을 이 세상에 매어 둔 것에서 벗어나라!

죽음이라는 귀중한 순간에서 당신을 떼어놓으려는 것에 집착하지 말아야 한다.

당신은 죽음이라는 변화를 맞이하고 있다.

바로 지금 마음을 열고 그 상태에 몸을 맡겨라!

육체에서 마음이 떠남에 따라 당신은 지금까지 없었던 경험을 하고 있다.

그 변화를 그대로 받아들여야 한다.

당신은 순수한 빛으로 스며들려 한다. 그 빛이야말로 당신의 본질이다.

친구여!

당신은 지금 육체의 무거운 속박에서 해방되었다.

당신의 본질인 지극히 밝은 빛이 눈앞에서 빛나는 것이 보일 것이다. 당신은 그 빛으로 들어가야 한다.

그 상태에서 있는 그대로 몸을 맡겨라! 어떤 것도 뿌리치면 안 된다. 그 무엇에도 매달리면 안 된다.

이 빛은 성자의 마음에서 나오는 빛이며, 부처님의 순수한 빛이다. 본질이라고 할 수 있는 빛만이 진정한 빛이며 그것은 또한 공이다.

죽는 것은 당신만이 아니다. 죽음은 누구에게나 온다.
육체에 집착해서는 안 된다. 집착하면 의식이 만들어낸
미혹과 혼란의 환상 속에서 방황할 뿐이다.
진실을 향해 마음을 열어라.
그 진실이야말로 당신의 위대한 본성이다.*

---

* 《The Tibetan Book of the Dead》, Padma Sambhava, Robert Thurman,
Bantam Books, Inc. 1993

삶과 죽음에 관한 안내서
| 티베트 사자의 서

《티베트 사자의 서》는 티베트에서 대대로 전해 내려오던 책입니다. 1927년 영국 옥스퍼드대학에서 영역본 《The Tibetan Book of the Dead》가 출간되었는데, 이때 편집을 맡은 사람이 바로 영국학자 에번스 웬츠W. Y. Evans-Wentz입니다. 이 책을 접한 서구의 종교·심리학자들은 큰 충격에 빠집니다. 종교 문헌으로서는 거의 처음으로 인간이 죽은 후 어떤 일을 겪는지 체계적으로 밝히고 있기 때문입니다.

그러나 이 책이 일반 대중의 관심을 받은 것은 아닙니다. 내용이 너무 생경하고 믿을 수 없어서 사람들은 대부분 이 책의 진가를 알아채지 못했습니다. 사람이 죽은 후 나타난다는 빛의 존재도 받아들일 수 없었고, 티베트 불교를 잘 모르는 사람들에게는 너무나 생소한 불보살들이 많이 나와 이 책을 가까이하기가 쉽지 않았습니다.

이 책이 대중적으로 인정받기까지는 약 50년 정도의 세월을 기다려야 했습니다. 뜻밖에도 이 책의 주 내용을 검증할 기회를 맞이하게 된 것이지요. 1970년대 중반, 근사체험자들이 증언한 죽음 체험이 이 책의 내용과 통하는 부분이 있었기 때문입니다. 레이먼드 무디가 쓴 《Life After Life(삶 이후의 삶)》*에 나오는 근사체험자들의 이야기 역시 이 책과 일치하는 부분이 많았습니다.

위의 글은 《티베트 사자의 서》(이하 《사자의 서》)의 요지를 현대어로 정리한 것입니다. 《사자의 서》는 실제 현장에서 쓰이던 책입니다. 티베트에서는 사람이 죽기 직전 이 책을 읽어준다고 합니다. 목적은 간단합니다. 당사자가 몸을 벗은 다음 새롭게 맞게 될 영계(불교 용어로는 '중음계', 티베트어로는 '바르도')에서 좋은 길을 갈 수 있게 도와주기 위해서입니다. 몸을 갓 벗게 되면 환경이 많이 달라져 어떻게 해야 할지 몰라 당황할 수 있는데, 그런 영혼을 위해 이 책을 읽어주는 것입니다. 저승 여행길 안내서라고나 할까요? 조건이 맞으면 죽은 직후 깨달을 수 있지만, 만일 그렇지 않다면 다음 생에 좋은 곳에서 환생하도록 도와주는 것이 이 책의 목적입니다.

티베트인들의 믿음에 따르면, 우리는 영계에서 49일 동안 체류합니다. 이 49일은 상징적인 숫자이니 굳이 글자 그대로 믿을 필요는 없겠습니다. 이 책은 이 기간

---

* Raymond Moody, HarperOne 2015

을 세 단계로 나누어 설명합니다. 가장 중요한 단계는 첫 번째입니다. 우리가 몸을 벗으면 말할 수 없이 밝은 빛과 대면합니다. 이 빛은 앞의 인용문에서 말한 것처럼 진리나 깨달음으로 들어가는 문입니다. 이때 가장 좋은 일은 이 빛과 하나가 되는 것입니다. 티베트 사람들은 사람이 육신을 갓 벗었을 때 그 영적인 지력이 몇 배나 상승하니, 그때 방심하지만 않으면 이 빛으로 들어갈 수 있다고 믿고 있습니다. 이 일을 성공적으로 끝내면 우리는 깨달음을 얻게 되는 것입니다.

그러나 우리 대부분은 이 일에 성공하지 못합니다. 평범한 삶을 살았던 우리가 죽는 순간에 느닷없이 깨치기는 결코 쉽지 않을 것입니다. 그래서 우리는 그다음 단계로 가게 되는데, 이때 평화의 신과 분노의 신이 나타납니다. 이 신들과 함께 여러 환영을 체험하는데, 이때 주의할 것은 이 환영들이 모두 우리 마음이 만들어낸 것이니 이런 것들에 '휘둘려서는' 안 된다는 것입니다.

이 단계에서도 앞서 만난 빛과 일체가 되길 염원해야 합니다. 이 작업에 실패하면, 우리는 그다음 단계로 가서 환생할 곳을 찾게 됩니다. 《사자의 서》는 환생을 좋게 보지 않습니다. 이 세상에 태어나는 것은 생사고해에 떨어지는 것이니 당연합니다. 그래서 이 책은 당사자의 영혼에게 자궁으로 들어가는 것을 끝까지 거부하라고 합니다. 그러다 이 책 마지막 부분에서 결국 실패하고 업보 때문에 다시 태어나야 한다면 좋은 자궁을 택하라고 합니다. 좋은 환생법을 알려주는 것입니다.

많은 학자가 이 책을 최고의 죽음 입문서로 치켜세우지만, 실제로 읽어보면 현대에 사는 우리는 동감하기 어려운 부분이 많습니다. 완독하기조차 어렵습니다. 생소하기 짝이 없는 티베트 불교의 불보살 이름이 많이 등장해 무척 혼란스럽습니다. 그런가 하면 티베트의 신들이 대거 나타나 혼란을 부채질합니다. 마지막에 나오는 '환생을 막기 위해 자궁 문을 닫게 하라'는 식의 가르침은 윤회를 인정하지 않는 현대인에게는 너무도 낯선 이야기일 뿐입니다. 그렇다고 해서 이 책이 우리에게 시사하는 바가 없는 것은 아닙니다.

이 책이 큰 의미가 있는 것은 앞에서 말한 대로 이 책에 나오는 빛의 존재가 근사체험자들에 의해 확인되었기 때문입니다. 근사체험자들은 한결같이 우리가 몸을 벗으면 말할 수 없이 밝은 빛을 만나게 된다고 합니다. 이 빛을 죽기 직전에 보는 경우도 있습니다. 임종 직전의 환자들이 종종 이 빛을 목격했다는 사례가 있기 때문입니다. 이 빛은 일종의 저승의 문 역할을 하는 듯합니다. 임종자는 그 빛으로 들어가야 저승에 들어가기 때문입니다. 그런데 근사체험자 중에는 이 빛의 존재를 만나 많은 대화를 나누는 사람도 있습니다.

우리 영혼이 빛의 존재와 만났을 때 가장 먼저 하는 일은 이전까지 살았던 생의 리뷰입니다. 이때 이번 생에서 겪었던 주요 사건들이 영상으로 펼쳐진다고 합니다. 좋은 일뿐만 아니라 본인이 잘못한 일도 나오는데, 빛의 존재는 어떤 질책도 하지 않고 큰 이해로 영혼을 감싼다고 합니다. 이 빛의 존재는 무한한 지혜를 갖고 있어 이를 우리와 나눌 뿐만 아니라 무조건적인 사랑으로 우리를 대한다고 합니다.

근사체험에서 이 빛의 존재와 만난 사람들은 이 체험 후 완전히 다른 사람, 구체적으로 말하면 종교적으로 가장 이상적인 인간이 된다고 합니다. 이 책에서 언급하는 빛도 가히 '진리의 빛' 혹은 '절대 의식이 화한 빛'이라 할 수 있습니다. 근사체험자들이 말하는 빛의 존재와 같다고 여겨집니다. 이 빛의 존재와 대화하고 난 근사체험자들이 그 지혜와 사랑으로 완전히 변하듯이, 《사자의 서》에서는 이 빛과 하나가 되라고 조언합니다. 하나가 되면 우리 영혼이 해탈을 얻을 수 있기 때문입니다.

미국 코네티컷대학 심리학과의 케네스 링 교수는 이 빛의 존재가 다름 아닌 우리의 '상위 자아higher self'라고 주장합니다. 상위 자아는 문제 많은 표층 자아가 아니고, 우리의 가장 깊은 곳에 있는 불성佛性 같은 청정한 자아를 가리킵니다. 평소에는 이 높은 자아를 만나지 못하는데, 몸을 벗은 직후에는 이 자아를 만날 확률이 높다고 티베트 사람들이 이 책에서 전합니다.

초롱초롱한 눈빛으로
죽음과 마주하기

—

"나이가 들고 늙을수록 조금은 철학 공부를 해야 되는 것 같다. 오히려 철학적이어야 된다. 죽는 준비를 단단히 해야 한다. 옛것을 돌아보고 회상하고 추억하고 눈물을 흘리고 그런 것이 아니라, 산다는 게 무엇인지, 왜 사는지, 세상이 무엇인지, 나는 누구인지, 어떻게 살았는지, 가족은 무엇인지, 친구는 무엇인지, 건축은 무엇인지, 도시는 무엇인지 하는 근원적인 문제들을 다시 곱씹어 보고 생각하고 그러면서 좀 성숙한 다음에 죽는 게 좋겠다. 한 마디로 위엄이 있어야 되겠다. 밝은 눈빛으로, 초롱초롱한 눈빛으로 죽음과 마주하는 그런 인간이 되고 싶다."*

—

* 정기용 다큐멘터리 〈말하는 건축가〉(2011년 타계하기 몇 달 전 촬영)에서

현대 한국인의 죽음 이야기 1
| 건축가 정기용

정기용 씨는 대단히 사회적인 철학을 가진 건축가입니다. 그는 "건축은 삶을 조직화하는 것"이라며 자연환경과 주민의 삶을 거스르지 않는 철학으로 건축을 시도했습니다. 또 "건축가가 한 일은 원래 거기 있었던 사람들의 요구를 공간으로 번역한 것이지 그 땅에 없던 뭔가를 새로 창조한 것이 아니다"라는 말도 남겼습니다. 그가 생각하는 좋은 집도 아주 참신합니다. "좋은 집이란 거주하는 사람의 삶의 흔적이 서서히 누적되어 그 사람의 향기가 배어나는 그런 집"을 말합니다.

그런 철학을 가진 사람답게 그는 공공 건축물을 많이 설계했습니다. 대표작으로 어린이를 위한 기적의 도서관 4채와 면사무소 4곳, 고 노무현 대통령의 봉하마을 사저 등이 있습니다. 특히 어린이도서관과 면사무소 설계가 눈에 띄는데, 이 건물들을 설계하면서 진정으로 사람과 자연을 위하는 그의 사상을 실현했습니다.

정기용 씨는 2011년에 66세라는 비교적 젊은 나이에 세상을 떠났습니다. 임종을 맞아 죽음에 대해 많은 생각을 한 것 같습니다. 특히 죽을 준비를 철저히 하자는 말이 가슴에 와닿습니다. 죽기 전에 부질없는 세상

사는 그만 관여하고 더 본질적인 것을 생각하자는 것이지요. 죽음이 임박했을 때, 더 성숙하고 위엄을 가질 수 있게 노력하자고 제의합니다. 초롱초롱한 눈빛으로 죽음을 마주하자는 그의 마지막 말은 우리 모두와 나누고 싶은 말입니다.

우리는 평생을 돈이나 쾌락, 명예만 좇으면서 본질적인 문제는 외면하고 삽니다. 죽음이 가까워져 오면 그런 세상사가 모두 덧없음을 깨닫게 되어 삶에서 가장 중요한 문제를 깊게 생각하게 되는 것이죠. 그 문제를 해결하기 위해 우리는 온 힘을 다하는데, 그것이 퀴블러 로스가 말한 마지막 성장의 기회이기도 합니다.

하지만 우리 주위에는 이렇게 하기보다는 끝까지 삶에 집착하며 무의미한 연명치료에 매달리는 사람들이 많습니다. 그럼으로써 그들은 성장할 수 있는 귀중한 마지막 기회를 놓치기도 합니다. 그런 이들에게 정기용 씨의 조언은 매우 값진 것입니다.

살아 있는 날의
선택

—

죽음의 정체는 다음과 같이 정리될 수 있을 것입니다.

- 아쉽지만 억울할 것 없는 일
- 고통 대신 편안할 수 있는 일
- 슬프지만 감사한 일
- 두렵지만 설레는 일

상대 얼굴도 못 보고 결혼하던 시절, 온갖 괴소문에 마음 졸이던 신부가 새신랑의 얼굴을 보고 한시름 놓듯이, 죽음의 정체를 제대로 보기만 해도 죽음 문제의 상당수는 저절로 해결됩니다.

하지만 단지 죽음을 인식하는 데에서 더 나아가 어떤 행동이나 실천을 생각해볼 수 있습니다.

- 죽을 때 후회하지 않게 삶을 삶
- 죽음 이후의 '자기'를 위해 준비
- 죽음 이후 남겨지는 사람들을 위해 준비
- 죽어가는 과정을 좀 더 나은 것으로 만들기 위해 노력[*]

—

[*] 《살아 있는 날의 선택》, 유호종, 사피엔스21 2008(2011년 개정판 《죽음에게 삶을 묻다》)

현대 한국인의 죽음 이야기 2
| 철학자 유호종

유호종 씨는 철학을 전공했지만 의료 윤리를 가르치고 현장에서 죽어가는 환자들을 직접 보살핀 경험이 있는 특이한 이력의 학자입니다. 그런 경험을 바탕으로 《살아 있는 날의 선택》을 썼습니다. 이 책은 지금까지 우리나라에서 출간된 인간의 죽음을 진지하고 실제적으로 다룬 몇 안 되는 책 중 하나라 할 수 있습니다. 이 책에서 유호종 씨는 우리가 죽을 때 겪게 되는 수많은 사건에 대해 매우 친절하고 합리적이고 실제적으로 안내합니다. 죽음을 잘 준비할 수 있게 돕는 책입니다.

유호종 씨는 우리가 죽음의 정체를 알면 죽음이라는 그 큰 문제가 해결될 수 있다고 합니다. 지당한 말입니다. 이를 위해 비유로 든 신부와 신랑의 예가 참으로 가슴에 와 닿습니다. 죽음이라는 절체절명의 위기에 겁을 먹고 피하고 부정하는 현실이 안타까워 이러한 표현을 했을 것입니다.

나는 통상 우리나라 사람들이 죽음에 대해 갖는 태도를 세 가지로 요약합니다. 부정과 외면 그리고 혐오입니다. 우리는 죽지 않는다고 부정하다 그것이 어려우면 외면하고 그러다 죽음을 혐오하기까지 합니다. 유호종 씨는 우리가 죽음과 정면으로 마주해 합리적으로 이해하기 시작한다면, 이런 문제들을 잘 해결할 수 있다고 힘주어 강조합니다.

우리는 모두
시간 여행자

—

나의 묘비명

우리는 모두
무제한 여권을 가진 시간 여행자

힘들기도 했지만
보람과 즐거움이 함께했던
인생 수업을 마치고
본향으로 돌아갑니다.[*]

—

[*] 《우리는 왜 죽음을 두려워할 필요 없는가》, 정현채, 비아북 2018.

현대 한국인의 죽음 이야기 3

| 의사 정현채

정현채 교수 역시 아주 특이한 이력을 가진 분입니다. 의사(소화기 내과 전공)면서 죽음학 전도사가 되었기 때문입니다. 특히 사후세계에 대한 강한 믿음으로 많은 강연을 하고 있습니다. 이는 대단히 이채로운 일입니다. 현직 의사이자 최고의 의대 교수가 사후생을 가르치고 홍보하는 것은 대단히 희귀한 일입니다.

다른 사람들도 마찬가지지만 특히 의사들은 영혼이나 죽은 뒤의 세계를 부정하는 경우가 많습니다. 아마도 그들이 받은 교육 탓이 크겠지요. 몸만 중요하게 여기고 몸에 깃든 영혼이나 의식에 관해서는 소홀한 교육을 받았기 때문입니다. 그런 세계에서 홀로 사후세계의 진상을 알리고 있으니 특이하다는 겁니다.

정현채 교수는 비용이나 장소에 아랑곳하지 않고 강의하러 갑니다. 병원에 가도 만나기 어려운 의사가 직접 현장에 와서 강의해주니 무척 고마운 일입니다. 그는 죽음과 관계된 책이나 영화가 있으면 자신이 직접 사서 주위의 지인들에게 나누어줍니다. 비용이 꽤 많이 들 텐데, 신경 쓰지 않고 그렇게 합니다. 참으로 보살다운 행보라 하겠습니다.

앞에서 인용한 《우리는 왜 죽음을 두려워할 필요 없는가》는 그가 죽음을 강의하면서 모았던 자료들을 총망라한 것입니다. 이 책에는 죽음과 관련한 신문 기사, 서적, 영화 등 실로 많은 자료가 있어 초심자들에게 많은 정보를 제공합니다.

정현채 교수는 자신의 영정 사진도 벌써 찍었습니다. 묘비명도 직접 지었고요. 아주 단순한 일이지만 가슴을 울립니다. 우리가 무제한 여권을 가진 사람이라고 한 표현은 환생을 염두에 두고 쓴 것인 듯합니다. (그는 당연히 환생을 믿습니다!) 본향으로 돌아간다는 것 역시 우리의 고향은 이 지구가 아니라 영계에 어느 곳이라는 뉘앙스를 풍깁니다.

정 교수의 이러한 생각은 다른 죽음학자의 주장과 통하는 게 있습니다. 사후세계를 인정하는 학자들 대부분은 이 지상은 꽤 힘든 훈련장이라고 여깁니다. 정해진 교육이 끝나면 우리는 영혼 상태로 원래 있던 곳으로 되돌아간다고 주장하지요. 그래서인지 정 교수에게서는 죽음에 대한 공포를 찾아볼 수 없습니다.

꽃 한 송이와
묵념 추도

—

사랑하는 처와 자식들에게

나는 내 평생을 행복하게 살았다고 생각한다. (중략) 이만하면 수지맞는 인생을 산 것이다. 그런데 내가 행복하게 산 것은 다른 사람들의 도움도 컸기 때문이다. 많은 불행한 사람들에게 조금이나마 보탬이 된다면 내 몸 하나 바치는 것은 아깝지 않다. (중략) 내 모든 장기와 시신을 대학병원에 기증하기 바란다. 남은 유골은 내가 좋아하는 바다에 뿌려주기 바란다. 평생을 바다와 함께한 나로서는 바다로 돌아가는 것이 나의 큰 기쁨이다.

또한 일반적인 제사는 지내지 말라. 어느 집이나 며느리되는 사람의 노고가 너무 크다. 기일 아침에 각자의 집에서 내 사진과 꽃 한 송이 꽂아놓고 묵념 추도로 대신하기 바란다. 그리고 저녁에 음식점에 모여 형제간의 우의를 다지는 기회로 삼아라. 식비는 돌아가면서 내도록 하여라. 그리고 이러한 추도도 너희들 일대로 끝내기 바란다.

1998. 8. 25. 아버지로부터*

—

* KSS 해운 창업자 박종규 전 회장의 유언장

한국인이 남긴 유언장 1
| KSS 해운의 창업자 박종규

임종 준비를 할 때 사전의료의향서와 유언장은 반드시 작성합니다. 전자가 자신을 위해 쓰는 것이라면 후자는 자식들을 위해 쓰는 것입니다. 여기 소개하는 것은 유언장입니다. 언론에 소개된 귀감이 될 만한 유언장입니다.

  박종규 회장의 유언은 귀감이 될 만합니다. 내용이 간단하면서도 자신이 원하는 것을 다 적었기 때문입니다. 우선 육신에 대한 애착보다 정신을 유산으로 남기려는 의도로 해양장을 결심한 것부터 남다릅니다. 평생을 바다와 함께한 분이라 이렇게 결정했을 것입니다. 해양장은 우리나라에서 보편화된 장례법은 아닙니다. 극소수만 택하고 있지요, 그래서인지 박 회장은 보통의 다른 사람들에게는 수목장을 권합니다. 해양장이든 수목장이든 불필요한 매장을 거부한다는 점에서 바람직한 장법으로 보입니다.

  박 회장은 제사에 관해 실로 혁신적인 주문을 하고 있습니다. 아예 제사를 지내지 말라고 합니다. 사실 제사는 현대에는 그다지 필요한 의례가 아닙니다. 가부

장제 아래 각 가족의 장남에게 권력을 주기 위해 행했던 의례이기 때문입니다. 그러니 조선 시대에는 굉장히 중요한 의례였습니다. 하지만 지금은 가부장제가 공고한 사회가 아닙니다. 제사에 그 같은 정치적인 의미는 없는 것이지요. 지금 우리 제례는 단지 부모님을 추모하는 역할을 합니다. 사정이 그렇다면 음식을 많이 차려놓고 요란스럽게 제사를 지낼 필요가 없습니다. 그저 자식들이 만나 추모하면 되는 것입니다.

사실 그동안 이 제사를 둘러싸고 얼마나 많은 부작용이 있었습니까. 특히 며느리들의 고충이 심해 부부간 갈등까지 일으키기도 했습니다. 박 회장은 아예 제사를 폐기해버리라고 합니다. 그러나 추모와 친목은 필요하니, 기일 아침에 각자 부모를 추모하고 저녁에 만나 함께 식사하라고 권한 것입니다.

어차피 제사는 1대 봉사만 남게 될 것입니다. 자식을 하나만 두는 가정이 많으니 조부모 제사는 줄어들고 부모만 추모하게 될 것으로 보입니다. 지금처럼 음식을 차려놓고 하는 전통 방식의 의례는 사라질 것입니다. 자식 혼자 지내는 제사에 그런 번거로운 의식이 무슨 의미가 있을까요. 박 회장은 이러한 변화를 미리 알고 선지자처럼 제사의 폐지를 권했으니 그 예지를 높이 살 만합니다.

고맙다, 사랑한다
그리고 다음에 만나자

—

자네들이 내 자식이었음이 고마웠네.
자네들이 나를 돌보아줌이 고마웠네.
자네들이 세상에 태어나 나를 어미라 불러주고
젖 물려 배부르면 나를 바라본 눈길에 참 행복했다네.
지아비 잃어 세상 무너져,
험한 세상 속을 버틸 수 있게 해줌도 자네들이었네.
병들어 하느님 부르실 때
곱게 갈 수 있게 곁에 있어 줘서 참말로 고맙네….

자네들이 있어서 잘 살았네.
자네들이 있어서 열심히 살았네….

딸아이야 맏며느리, 맏딸 노릇 버거웠지?
큰애야… 맏이 노릇 하느라 힘들었지?
둘째야… 일찍 어미 곁 떠나 홀로 서느라 힘들었지?
막내야… 어미젖이 시원치 않음에도 공부하느라 힘들었지?

고맙다, 사랑한다 그리고 다음에 만나자.

2017년 12월 엄마가*

—

* 조선일보 2017.12.27.

한국인이 남긴 유언장 2
| 한 늙은 어머니의 유언장

이 유언장은 신문, TV 뉴스에 나온 것입니다. 78세의 늙은 어머니가 암 투병 중 더는 치료할 수 없어 호스피스 병원으로 옮기게 되자 자식 몰래 쓴 것이라고 합니다.

　이 유언장은 문장이 유려하거나 세련되진 않지만 진심이 담겨 있습니다. 특히 자식들에게 '자네들이 자식이어서 참으로 고마웠다'는 말은 가슴을 울립니다. 자식들을 '자네'라고 표현한 것도 흐뭇합니다. 남편을 잃어 한없이 허망할 때도 자식들이 있어 버틸 수 있었다는 말도 참으로 좋습니다.

　그러면서 한편으로는 자식들도 사느라고 힘들지 않았냐고 걱정합니다. 감사와 배려의 마음이 크게 묻어 나옵니다. '하느님'이라는 단어로 보아 천주교인으로 보이는데, 자신의 신앙에 따라 '다음에 만나자'며 재회의 희망도 놓지 않고 있습니다.

　앞에서 말했듯이 유언장은 자식을 위해 쓰는 것입니다. 이런 유언장을 받아 든 자식은 큰 위안을 받고 어머니의 깊은 사랑을 느낄 겁니다. 이 유언장을 읽을 때마다 어머니의 사랑과 배려를 느낄 것입니다. 삶을 살아가면서 큰 힘을 얻을 것이고, 모친과 항상 같이 있는 듯한 좋은 느낌일 것입니다.

우리나라에서 있었던 일은 아니지만 생전 장례식이 열려 소개합니다. 2017년 12월, 일본에서 있었던 일이랍니다. 어떤 회사의 전 대표가 암에 걸리자 모든 연명치료를 거부하고 자신의 장례식을 '감사의 모임'이라는 제목으로 연 것입니다. 본인이 직접 장례식 광고를 냈는데 요약하면 다음과 같습니다.

'죽는 건 힘들지만 인생을 충분히 즐겼고, 삶의 질이 중요하니 연명치료를 하지 않을 것입니다. 회비나 조의금은 불필요하며 복장은 평상복으로 와주십시오.'

그는 지인 천 명 정도를 초청해 모두에게 감사를 표하고 일일이 악수했다고 합니다. 참석자들도 '내 삶을 돌아볼 기회가 되어 감사하다'고 했답니다.

생전 장례식은 자신이 주인공이 되어 의례를 지내는 것입니다. 우리 인간은 살면서 세 가지 중요한 의례를 하는데, 태어나서 하는 백일이나 첫돌 잔치, 결혼식, 마지막으로 장례식입니다. 이 가운데 자신이 주인공으로서 스스로 치르는 의례는 결혼식밖에 없습니다. 첫돌은 너무 어려서, 장례식은 죽은 뒤에 하는 것이니 당사자가 주인공이 되지 못하지요.

　그러나 생전 장례식에서는 자신이 주인공으로 자기 인생을 공개적으로 정리할 수 있습니다. 장례식을 자식들에게 맡겨버리지 말고 내 장례식은 어떻게 할지 곰곰이 생각해 보면 어떨지요. 죽을 때를 생각하고 사는 삶과 그렇지 않은 삶은 확연히 다를 것입니다.

죽음을 앞둔 말기 환자의
열 가지 욕구

—

1. 환자는 가족이나 친구가 곁에 가까이 있기를 원한다. 이 사실을 잊어서는 안 된다.
2. 환자는 스스로 결정하기를 원한다. 개인의 자율성과 자유를 원하는 것이다.
3. 환자는 성장하고픈 욕구가 있다. 적극적으로 살고 성장하는 것을 격려받기 원한다.
4. 환자는 주인공으로서 적극적으로 역할 하길 원한다.
5. 환자는 자신의 병에 대한 진실을 알고 싶어 한다.
6. 환자는 품위와 존엄을 갖고 죽기 원한다. 불필요한 생명 연장, 인위적인 생명 연장 방법은 원하지 않는다.
7. 환자는 자신의 전 생애를 돌아보는 정신 요법을 원한다.
8. 환자는 고통에서 벗어나길 원한다.
9. 환자는 유머를 즐기고 웃고 싶어 한다.
10. 환자는 죽음 후의 영생에 관해 알기 원한다.*

---

* 한국죽음학회 창립 1주년 기념 알폰스 데켄 신부 초청 강연집 〈인간의 죽음과 죽어감〉

일본에 죽음학을 최초로 전파하다

| 알폰스 데켄

알폰스 데켄Alfons Deeken 신부는 독일에서 태어났습니다. 앞의 인용문은 2008년 한국죽음학회 초청으로 그가 한국에 와서 연세대 의대에서 했던 강의에서 발췌한 것입니다. 나는 그때 학회 회장으로서 그를 안내하고 통역했기에 그에 관한 기억이 생생합니다.

그는 속세의 무슨 인연인지 모르지만, 일본과 깊은 인연이 있습니다. 사제 서품도 일본에서 받고 계속 일본에서 활동하면서 큰 발자국을 남겼습니다. 죽음학의 불모지였던 일본에 처음으로 인간의 죽음을 생각하는 모임을 만들었기 때문입니다. 1982년, '삶과 죽음을 생각하는 회'를 만들어 죽음 교육의 필요성을 일본 사회에 널리 알리는 운동을 시작했습니다. 이 단체는 일본 각지에 지회를 두고 회원이 수천 명이라니, 이 모임이 일본 사회에서 가진 위상을 알 수 있겠습니다. 그는 일본의 조치上智대학 철학과에 40여 년간 있으면서 인간학이나 죽음의 철학 등을 강의하다 은퇴했습니다. (이 대학은 데켄 신부가 속한 예수회가 운영하는 대학입니다.)

사실 죽음학에서 가장 중요한 것은 죽음 교육입니다. 이 교육이 제대로 되어야 죽을 때 삶을 잘 정리하고 고통도 피하고 편안하고 존엄한 죽음을 맞이할 수 있습니다. 물론 여기에는 삶에 대한 치열한 사고도 포함되어 있습니다. 이 모임의 영향으로 한국에도 비슷한 이름의 모임이 시작되었습니다. 각당복지재단*에서 운영하는 이 모임은 우리나라에서 가장 권위 있는 죽음 교육 기관이라 할 수 있습니다. 이 모임이 탄생하기까지 데켄 신부가 직간접적으로 영향을 주었기 때문에 한국과도 인연이 있는 사람이라고 한 것입니다.

그가 죽음학 혹은 죽음 교육학의 전도사가 된 것은 어쩌면 숙명인지도 모릅니다. 어린 시절 제2차 세계대전 때 연합군의 폭격으로 눈앞에서 가족과 지인들의 죽음을 보았기 때문입니다. 특히 미군이 할아버지를 총으로 쏘아 죽이는 것을 직접 보면서 큰 충격을 받았습니다. 연합군이 지나갈 때 백기를 들고 나간 할아버지를 적군으로 오인한 미군이 총을 쏜 것입니다. 그 참상을 두 눈으로 보았다고 하니, 어려서부터 인간의 죽음에 관해 관심을 가지지 않을 수 없었을 것입니다.

앞의 글, 죽음을 앞둔 환자의 열 가지 욕구는 너무나 지당합니다. 그대로 지켜진다면 우리는 존엄한 임종을 맞이할 수 있겠지요. 내용을 요약하면, 임종을 앞둔 환자는 한 인간으로서 자율성과 자유를 가지고 끝까지 성장하고 싶어 합니다. 또 진실을 알고 싶어 합니다. 만일 연명 치료가 무의미하다고 판단되면 거부할 수 있어야 하고, 그래야 임종을 맞이할 때 불필요한 고통에서 벗

———
* www.kadec.or.kr

어날 수 있습니다. 그런가 하면 사후세계에 대해서도 적절한 정보를 받아야 합니다. 그런데 데켄 신부가 늘 강조하는 것은 유머입니다. 끝까지 즐거운 마음을 갖고 가라는 것입니다. 죽음은 자연스러운 과정이니 공연히 심각하게 받아들이지 말라는 것이겠지요.

백번 지당한 말입니다. 그런데 문제가 있습니다. 환자를 직접 대하는 사람은 가족과 의료진입니다. 가족들도 환자를 저렇게 대하기 위해 노력해야 하겠지만, 전문 의료는 의사와 간호사 같은 의료진의 몫입니다. 따라서 위의 내용을 실천에 옮길 수 있는 의사나 간호사를 만나야 합니다. 한국에서 이 같은 의료진을 만나는 일이 쉽게 이루어질까요? 불가능하지는 않겠지만 쉬운 일은 아닐 것입니다. 왜냐하면 죽음 교육이 거의 이루어지지 않기 때문입니다.

한국의 의료 교육 현장을 보면 죽음 교육이 설 자리가 거의 없습니다. 의사(그리고 간호사)는 여러 직종 가운데 임종을 앞둔 사람을 가장 많이 만납니다. 그렇다면 이들은 임종 환자를 케어care하는 방법에 관해 전문적으로 알고 있어야 합니다. 한마디로 말해 임종 환자 매뉴얼을 공부해야 한다는 것입니다. 그러나 그런 교과서가 없으니 적절한 교육을 받을 수 없습니다.

의사(그리고 간호사) 대부분은 인간의 생명이나 죽음

에 대해 초보적인 교육도 받지 못하고 현장에 투입됩니다. 이 같은 현실은 아주 조금씩 개선되고 있지만, 속도가 느립니다. 임종 환자들의 고통은 더 커져만 가는데 죽음 교육의 진도는 더디니 안타깝기만 합니다.

불멸의 추구는
존재의 심연에서 올라오는 욕구다
—

인간의 몸은 '운명의 저주'이고 문화는 인간성에 대한 억압 위에 세워진 것이다. 인간이 문화를 만든 것은 프로이트의 말처럼 인간이 성욕이나 쾌락, 삶 혹은 확장만 좇는 존재이기 때문만은 아니다. 인간은 근본적으로 죽음을 회피하려는 존재이기에 문화를 만들어냈다. 여기서 말하는 근본적인 억압은 자기 죽음을 아는 것이며 성욕이 아니다.*

* 《The Denial of Death》, Ernest Becker, Free Press 1997

—

인간 삶에 내재한 가장 근본 동기는 유기적인 심신이 지닌 한계를 초월하고자 하는 보편 욕구라 할 수 있다. 인간은 무엇인가를 남겨 자신의 영생을 인생의 목적으로 삼으려는 내밀한 욕구가 있다. 인간 존재의 심연에서 올라오는 욕구라 할 수 있다.

이것이 바로 불멸성의 추구immortality striving다. 이를 이루게 하는 돈이나 성공, 명예, 영웅적인 승리 등 세속적인 성취는 불멸성의 수단immortality vehicle이라 할 수 있다. 인간은 이런 세속적인 수단으로 불멸을 추구한다. 그런가 하면 부모나 조상을 극진히 숭배하는 문화권에서는 자식이 불멸성의 수단이 되기도 한다.

시대를 막론하고 사람들은 물질적인 것이 갖는 운명을 초월하려고 했다. 물질이란 기본적으로 유한하기 때문이다. 따라서 그들은 어떤 것이든 상관없이 무한히 지속하는 것을 찾기 위해 온갖 노력을 기울였다. 그 같은 인간 욕구에 맞추어 사회는 불멸의 상징이나 이데올로기를 제공한다. 더 나아가서 인간에게는 사회 자체가 불멸의 힘을 지닌 조직으로 보일 수도 있다.**

———

** 《Escape from Evil》, Ernest Becker, Free Press 1997

인간의 행위는 죽음을 부정한다

| 어니스트 베커

위에 인용한 두 책은 59세의 나이로 일찍 세상을 떠난 어니스트 베커Ernest Becker(1924~1974)의 대표 저작입니다. 특히 《The Denial of Death(죽음의 부정)》(1973)*는 퓰리처상을 받았으며, 죽음학 연구의 고전으로 평가받습니다.

그는 이른바 신프로이트학파에 속합니다. 신프로이트학파란 프로이트의 이론을 계승하되 수정 발전시켜 새로운 의견을 주장하는 학자들을 말합니다. 《자유로부터의 도피》를 쓴 에리히 프롬Erich Fromm이 대표적인 학자입니다. 베커는 프로이트의 주된 주장인 성욕설을 뛰어넘어, 인간은 성욕에 사로잡힌 존재가 아니라 죽음을 부정하고 회피하는 존재라고 정의했습니다. 그렇다고 프로이트의 학설을 송두리째 부정했던 것은 아닙니다. 프로이트의 학설이 지닌 틀은 인정하면서 자신의 학설을 주장했기 때문입니다.

일례를 든다면, 프로이트의 성욕설에 따르면 인간은 성장하면서 쾌락을 느끼는 부위가 변해 가는데, 그중 하나가 항문기입니다. 항문기의 인간은 항문을 통해 쾌락을 느낀다고 주장하는 거지요. 베커는 항문기를 인정하지만, 해석은 다릅니다. 항문기에 거기에서 나오는 똥 등을 보고 육체의 필멸성

---

* 한국에는 《죽음의 부정》(역자 김재영, 인간사랑 2008)으로 번역되어 나왔다.

을 알게 된다고 주장합니다. 육신도 저 더러운 똥처럼 고약한 냄새를 내면서 썩어갈 것을 처음으로 알게 된다는 것이지요. 그때부터 우리는 죽음을 극복하기 위해 온갖 애를 쓴다고 주장합니다.

베커의 시각으로 보면 우리 인간이 하는 모든 일은 죽음을 부정하고 잊으려고 하는 시도라고 할 수 있습니다. 이 시도에는 세속적인 것에서부터 숭고하게 보이는 것까지 종류가 다양합니다. 우선 인간이 문화를 만들어낸 것 자체가 죽음을 부정하려는 시도라고 봅니다. 위대한 예술품을 한껏 칭송하면서 문화를 발전시키고 있지만 이 역시 죽음을 부정하는 시도, 즉 나는 스러져가지만 나와 우리가 만든 위대한 문화는 영속적으로 존재하리라 생각하는 것입니다. 그래서 '인생은 짧고 예술은 길다'라는 격언이 나온 것일까요?

인간의 죽음을 가장 적극적으로 부정하는 것은 종교일 것입니다. 대부분의 종교는 개별 영혼은 절대 사라지지 않는다고 주장합니다. 이보다 더 직설적인 불멸의 주장은 없을 것입니다. 종교의 영역과 겹치는 신화는 어떠합니까? 특히 영웅 신화의 경우, 가장 대표적인 영웅은 저승에 갔다가 돌아온 사람들일 것입니다. 이들이 저승에 갔다 왔다는 것은 무엇을 의미하는 것일까요? 이것은 영웅이란 죽음을 극복한 사람이라는 뜻입니다. 한 번 가면 돌아올 수 없는 저승에서 돌아왔으니 죽음을 넘어선 사람들입니다. 우리 인간은 신화를 통해 이런 영웅을 만들어내어 자신도 저렇게 될 수 있을 것이라는 막연한 상상 속에서 죽음을 부정합니다.

베커에게 가장 많은 영향을 준 오토 랑케Otto Ranke는 심지어 전쟁도 죽음의 극복법이라고 주장했습니다. 인간은 전쟁에서 다른 사람을 죽이고 그들을 희생 제물로 바침으로써 죽음에 대한 공포를 줄어들게 만듭니다. 왜냐하면 죽는 적을 보면서 '너는 이렇게 죽지만 나는 이렇게 살아 있으니 불멸의 존재다'라고 외칠 수 있기 때문이라고 본 것이지요.

세속적인 추구도 마찬가지입니다. 인간이 하는 일 가운데 가장 대표적인 것은 돈 버는 일입니다. 번 돈을 쌓아두고, 그 돈으로 물건을 사서 창고를 그득히 채웁니다. 베커의 시각에서 보면, 그렇게 번 돈을 과시하고 물건을 쌓아놓고 사람들은 이렇게 생각할 것입니다. 비록 나는 죽어 없어지겠지만, 내가 쌓아놓은 저 돈과 물건은 없어지지 않고 영원할 것이라고 말입니다. 돈과 물건이 불멸의 상징이 되는 것이죠. 이렇게 보면 우리가 하는 행동 가운데 가장 세속적인 행동인 쇼핑이 사실은 불멸을 추구하는 행위입니다.

세속적인 추구에는 돈 버는 것만 있는 것이 아닙니다. 우리는 많은 일에서 성공을 추구하고 명예를 좇아갑니다. 베커는 이 역시 영생의 시도라 봅니다. 나는 죽어서 사라지겠지만, 내가 획득한 성공이나 명예는 내 뒤에 영원히 남을 것으로 생각하기 때문입니다. 그래서 자신의 명예를 세속과 후손에게 영원히 남기려고 무진 애를 씁니다.

　나는 대표적인 예로 양반들이 자신의 무덤 앞에 세운 비석을 듭니다. 그들은 자기 이름을 돌에 새겨 넣음으로써 영원히 존재할 것으로 믿었던 것 같습니다. 돌로 만든 비석이 적어도 수백 년은 갈 터이니 백 년을 못 사는 인간 처지로 보면 영원히 존재하는 것처럼 보일 수도 있겠습니다. 이런 예는 수없이 많습니다.

　인간은 죽음을 완전히 부정하고 가능하면 죽음에서 멀리 도망가기 위해 심리 트릭이나 사회의 다양한 게임, 또는 개인의 선입견에 매달리기 위해 갖은 노력을 합니다. 종교가 주장하는 불멸을 믿음으로써 심리 트릭에 빠질 수도 있고, 회사나 사회에서 제공하는 많은 일에 함몰되거나 국가와 자신을 동일시해 그것들과 영원히 함께할 수 있을 것이라는 부질없는 생각을 하는 것입니다.

　이 모든 것은 죽음을 부정하기 위해 '눈 가리고 아웅

하는' 것입니다. 베커는 이것을 '동의된 광기madness', '공유하는 광기' 또는 '위장되고 위엄을 부여한 광기'라 불렀습니다. 이런 시도들은 성공할 수 없습니다.

그러면 우리는 죽음에서 어떻게 벗어날 수 있을까요? 베커는 이에 대해 명확한 답을 하지 않았습니다. 아마도 59세라는 비교적 젊은 나이에 세상을 떠나 자신의 주장을 더 발전시키지 못했기 때문으로 보입니다. 이제 독자들께서 그 해답을 스스로 생각해 보시기 바랍니다.

3

죽음의 문을
열었던 사람들

근사체험

영혼의 가장 작은 소망도
이루어진다

—

딱딱한 물질로 구성된 물질계와는 달리 영계는 가볍고 일시적으로만 존재하는 '영적 물질spiritual matter'로 구성되어 있습니다. 이전에는 이 영적 물질을 '아스트랄 물질' 혹은 '영적 에테르'라 불렀습니다. 이 물질은 해당 영혼이 그것에 집중하고 형태를 부여해야만 눈에 보입니다. 해당 영혼이 가장 작은 소망을 가져도 시키는 대로 따릅니다. 어떤 것을 생각하고, 원하고, 필요로 하면 즉시 모습을 보입니다. 그러나 집중을 그치면 이 물질은 분해되어 사라집니다.*

—

* 《Life Without Death》, N. O. Jacobson, Dell Publishing Co. 1973

우주는 모든 것을 포괄하는 존재입니다.

모든 살아 있는 존재는 영원히 그리고 계속해서 존재합니다.

지상에 사는 인류 모두는 점진적으로 이 지상에서 완전하게 행복하고 풍성한 삶을 살게 됩니다. 이것은 각 인간이 불행이나 고통 등을 통해 배워 인생 법칙과 완전히 부합되는 삶을 살게 될 때 일어나는 일입니다.

삶의 목적은 삶 그 자체를 경험하는 것이고, 인간과 다른 생령들은 평등합니다.**

** 마르티누스연구소 홈페이지(www. martinus. dk/en/frontpage)에서

잘 알려지지 않은 덴마크의 성자

| 마르티누스 톰센

마르티누스 톰센Martinus Thomsen(1890~1981)은 덴마크의 신비종교가입니다. 우리나라는 물론 다른 나라에서도 그다지 알려지지 않은 인물입니다. 그러나 그가 전하는 사후세계 정보는 많은 의문을 풀어준다는 점에서 매우 귀중합니다.

그는 1921년(30세)에 우연히 '신지학회' 관련 책을 읽고 결정적인 종교 체험을 하기 전까지는 작은 사무실에 근무하는 매우 평범한 사람이었습니다. 물론 종교나 영성에 개방적이었지만, 영성을 탐구하는 심령주의spiritualism나 신지학회 같은 단체에 대해서는 전혀 모르고 있었습니다. 우연한 기회에 다른 사람이 추천한 신지학회 관련 책을 읽게 되었는데, '명상하라'고 쓰인 문구를 보고 별생각 없이 명상하기 시작했다고 합니다.

그때 그는 곧바로 우주 의식을 각성하는 엄청난 체험을 하게 됩니다. 갑자기 예수같이 찬란한 존재가 그의 안으로 들어오더니 성스러운 빛이 마음속에서 발광하기 시작했습니다. 이 세상의 큰 대륙이나 바다, 산, 도시 등 모든 것이 이 빛의 세례를 받은 듯 성스러운 느낌을 받았습니다. 자연 만물이 신의 현현임을 체감한 것입니다. 아울러 인간의 의식(혹은 영혼)은 불멸한다는 것을 깨닫고 이 세상에는 생명만 존재한다는 것을 깊이 느낍니다. 그에 비해 암흑이나 고통은 위장된 사랑임을 새롭게 인식하게 됩니다. 가장 큰 깨달음은 신이라는 절대 존재가 우리 모두에게 현존한다는 걸 알게 된 것이지요.

이 체험 후에 그는 직관적인 지식을 갖게 되어 책을 읽을 필요가 없게 되었습니다. 어떤 것이든 영적인 문제에 의문이 생기면 분석적인 추론에 의지하지 않고 즉시 답을 얻을 수 있었습니다. 이와 동시에 텔레파시나 투시력(천리안), 체외이탈 등과 같은 초능력도 갖게 되었습니다. 그는 자신의 체험을 사람들에게 널리 알리고 공유하기 위해 1943년 코펜하겐 근처에 연구소(www.martinus.dk)를 세웁니다. 그곳에서 40여 년 동안 봉사하다 1981년에 영면합니다.

그의 저작은 영어로 번역이 된 것이 아주 적어 그의 사상을 접하는 일이 쉽지 않습니다. 내가 이 사람을 알게 된 것도 스웨덴 의사인 제이콥슨N. O. Jacobson의 저작에서였습니다. 이 책 역시 국내에 번역되지 않았고 구하기도 쉽지 않습니다. 하지만, 마르티누스의 사상은 결코 가볍게 볼 수 있는 것이 아닙니다. 특히 사후세계에 대해 그가 제공하는 정보는 그동안 접하지 못했던 것이라 더 주목을 끕니다. 또한 지금까지 검토한 여러 사상가의 주장과 일맥상통합니다.

마르티누스가 알려주는 정보 중 가장 값진 것은 '영적 물질'에 대한 것입니다. 영계가 무엇으로 구성되어 있는지 풀어준 것입니다. 우리는 막연하게 그저 영계가 비어 있을 것으로 추측했는데, 그에 따르면 거기에 영적 물질이 있다는 것입니다.

사실 영적 물질이라는 단어 구성은 모순됩니다. 에너지를 의미하는 영과 물질은 서로 대치되는 단어이기 때문입니다. 그럼에도 불구하고 마르티누스가 굳이 물질이라고 쓴 것은 순수 에너지와는 좀 다른 어떤 것으로 여겨 그런 단어를 사용한 것이 아닌가 생각합니다. 왜냐하면 이 물질은 영혼의 생각에 따라 뭉쳐서 형상을 이루기도 하고 생각을 바꾸면 흩어지는 등 변화하기 때문입니다. 만일 순수 에너지라면 이처럼 보이지 않았겠지요.

앞에서 다스칼로스는 영혼이 영계에서 지상과 같은 환경을 만들어놓고 그곳에 안주하는 경우가 많다고 했습니다. 예를 들어, 노름을 좋아하던 한 친구가 죽었습니다. 다스칼로스는 그의 사후생이 걱정되어 체외이탈하여 가보니 이 친구는 영계에서도 노름판을 만들어놓고 노름만 하고 있었습니다. 그를 긍휼히 여긴 다스칼로스는 그의 영혼을 좋은 곳으로 데리고 가서 보여주었지만, 자신은 노름판이 좋다면서 노름판으로 돌아갔습니다.

이처럼 영계의 환경은 모두 우리가 직접 만들어내는 것입니다. 그래서 마르티누스는 영계를 '개인의 마음이 빚어낸 우주personal mental universe'라고 정의했습니다. 영혼이 생전에 좋은 일을 많이 해 사랑과 겸손처럼 좋은 생각에 익숙하면 그 영혼 주위에는 이에 걸맞은 환경이 만들어질 것입니다. 아마도 아름답게 빛나며 멋진 음악이 흐르고 지상에서 맡아볼 수 없는 기막힌 향기가 나는 곳일 겁니다. 비슷한 파동을 가진 영혼들이 함께 해 그야말로 천당이라고 할 수 있습니다.

반대 경우도 충분히 가능합니다. 생전에 남을 많이 해치고 거짓말을 밥 먹듯이 했으며 남의 재산을 빼앗는 등 나쁜 짓만 한 영혼은 좋은 생각을 하기가 어렵습니다. 사실 그런 영혼들은 마음속에 큰 공포심을 갖고 있습니다. 이 공포심은 자신도 해침을 당할 수 있다는 생각에서 나오며, 그런 생각이 강하면 실제로 자신이 괴롭혔던 존재들이 나타나 복수하는 장면이 연출됩니다. 이때 그는 큰 고통을 겪게 되는데, 다른 영혼들이 실제로 와서 그렇게 하는 것이 아니라 당사자가 스스로 만들어낸 것입니다. 바로 이것이 지옥의 한 모습 아닐까요.

영계가 이렇게 구성되어 있다면, 우리가 이생에서 어떻게 살아야 하는지 알 수 있습니다. 영계에서 끝없는 고통에 빠지기 싫으면 이생에서 항상 좋은 것을 생각해야 합니다. '좋은 것'에 대해서는 이미 고등종교에서 설파했습니다. 이웃을 사랑하고 지혜를 갖추는 것입니다. 이런 덕목은 이생에서 잘 살기 위해서도 필요하지만, 영계에서 행복하게 지내기 위해서 늘 염두에 두고 실천해야 할 것입니다.

죽음과 삶은 동전의 앞뒷면처럼 서로 연관되어 있습니다. 떨어질 수 없는 관계이지요. 따라서 하나만 알면 안 됩니다. 이 둘을 같이 알 때 우리의 전체 삶이 완성됩니다. 죽음학이 필요한 것은 이 때문입니다. 우리가 지금 여기에서 잘 살기 위해서는 죽음을 알아야 하고, 죽은 후 편안하려면 지금 여기서 잘 살아야 합니다. 이 것은 매우 자명한 진리입니다.

죽음 너머 세계와
이생의 삶

—

어떤 사람이 임종을 맞이한다. 의사에게 운명했다는 말을 듣자마자 그는 곧 강한 소음을 들었다. 동시에 그는 캄캄한 터널 속을 지나기 시작했다. 다음 순간 그는 육체 밖에서 자신의 몸을 바라본다. 허공에 떠 있는 그는 지상에 있을 때와는 다른 성격과 능력을 갖춘 몸이 된 것을 알게 된다.

먼저 죽은 친척과 친구들의 영혼들이 나타나기 시작했다. 그들과 짧은 대화를 나누고 나니 한 번도 보지 못했던 빛이 나타났다. 이 빛은 이루 말할 수 없을 정도로 밝았는데 인격이 있어 텔레파시로 소통할 수 있었다. 그 빛과 가장 먼저 한 일은 이제까지의 삶을 영상으로 살펴보는 것이었다. 그 리뷰를 통해 그는 지난 생에 겪었던 일들이 모두 나름의 의미가 있었음을 알게 되었고 이 빛으로부터 일찍이 받아보지 못했던 무한한 사랑을 받는다. 그는 최고의 행복을 맛보았기에 육체로 돌아가기 싫지만, 아직 지상에서 할 일이 남았기 때문에 돌아간다.*

—

죽음에 대해 더 새로운 사실을 알게 되면, 우리는 중요한 변화를 겪게 될 것이다. 내가 소개한 근사체험 사례들이 사실이라면, 그것이 우리에게 시사하는 바는 이만저만 큰 것이 아니다. 이생에서 우리 삶을 제대로 파악하려면 죽음 뒤에 어떤 세계가 있는지 알아야 한다.*

—
* 《Life after Life》, Raymond Moody, HarperOne 2015

근사체험을 세상에 처음 알린 학자
| 레이먼드 무디 2세

레이먼드 무디 2세Raymond Moody Jr.는 죽음학 연구사에서, 정확히 말해서 근사체험 연구사에서 가장 중요한 인물 중 하나입니다. 근사체험을 전 세계에 처음으로 알리고 체계적으로 연구한 사람이기도 합니다. '근사체험'이라는 단어도 처음으로 만들어 사용했습니다. 무디의 책이 출간된 후, 많은 사람이 자신도 근사체험을 했다며 이른바 '커밍아웃'을 했습니다. 이들은 자신이 한 근사체험을 주위의 비난이나 비웃음이 두려워 말하지 못했던 것입니다. 그런데 무디가 물꼬를 터주자 사실을 말한 것입니다.

무디의 근사체험에 대한 연구는 여러 의미가 있습니다. 우선 사람들이 사후세계에 대해 긍정적으로 생각하기 시작한 것을 들 수 있습니다. 기존 종교 경전에도 사후세계 언급이 많지만, 도그마적 면이 많아 지식인들이 믿기에 불충분했습니다. 그런데 근사체험으로 영혼의 존재와 사후세계를 긍정하게 만들 증거들이 많이 나왔습니다. 예를 들면 당사자가 실제로 영혼 세계에 가지 않았다면 알 수 없는 정보들을 알게 된 것 등입니다.

또 하나의 큰 의미는 지식인들이 이 연구에 뛰어들었다는 것입니다. 의사나 심리학자, 인류학자 등이 근사체험 연구에 매진하게 되었습니다. 이들은 학술적으로 접근해 근사체험의 신빙성을 한층 더 높여주었습니다. 이러한 노력의 결과로 기존 의학계에서도 근사체험을 실제로 가능한 것으로 보기 시작했습니다.

의학계의 기존 견해는 인간의 의식은 뇌의 작용에 불과하다는 것이었습니다. 그러나 근사체험자 연구로 뇌사 상태에서도 의식은 있다는 결론이 나왔습니다. 뇌가 작동하지 않는데도 인간 의식이 존속한다면, 이 의식이 존재하는 세계가 있어야 합니다. 이른바 영혼 세계인 것입니다. 인간의 뇌와 의식의 관계는 핌 반 롬멜을 다루는 장에서 상세히 살펴보겠습니다.

인용문은 근사체험자들의 체험을 아주 간략하게 줄인 것입니다. 근사체험이란 의학적으로 죽음을 맞이했던 사람들이 육체를 벗어났을 때 겪은 체험을 말합니다. 다음 장에서 만날 이븐 알렉산더가 대표적인 경우입니다.

모든 사람들이 같은 체험을 하지는 않습니다. 사람마다 체험의 강도나 깊이가 다릅니다. 하지만 대체로 다음과 같은 다섯 단계의 체험을 하고 있습니다.

1단계 체외이탈, 2단계 터널 같은 것을 통해 이동하기, 3단계 영혼들의 세계에 도착, 4단계 빛의 존재를 만나고 지난 생 리뷰하기, 5단계 몸으로 귀환.

이 단계들을 다 겪으면 온전한 근사체험이라 할 수

있는데, 이 체험의 진수라 할 수 있는 빛의 존재와 만나는 체험을 한 사람은 전체 체험자 중 10%밖에 안 된다고 합니다. 대부분은 체외이탈하여 자신의 주변을 바라보는 정도에서 끝납니다. 적어도 내가 한국에서 만나본 사람 중에는 빛의 존재와 만난 사람은 없었습니다.

인용문은 다섯 단계의 체험을 모두 보여줍니다. 이처럼 근사체험으로 영혼 세계에서 지인들의 영혼을 만난 사람들은 삶에 큰 변화를 겪습니다. 그곳에서 지상의 언어로는 결코 묘사할 수 없는 아름다운 세계를 보고 지인들의 영혼으로부터 사랑받으면서 자신이 얼마나 귀중한 존재인지를 깨닫게 됩니다.

인간은 영적인 우주에 사는
영적인 존재다

—

나는 평생 뇌와 의식에 대해 연구했다. 망상이나 서툰 생각을 인정하지 않는 과학의 정직성과 엄밀함을 좋아했다. 하지만 갑작스러운 혼수상태를 맞고 내 영혼이 몸을 빠져나가는 근사체험을 하면서 나는 사후세계가 있는 것을 확신하게 되었다.

인간의 의식은 내가 의학에서 배운 것과는 달리 뇌에서 만들어지는 것이 아니라는 것을 확실하게 알게 되었다. 우리 인간은 물질적인 것을 넘어서 영적인 우주에 살고 있는 영적인 존재라는 것을 절감하게 되었다.[*]

—

[*] 《Proof of Heaven: A Neurosurgeon's Journey into the Afterlife》, Eben
Alexander, Simon & Schuster 2012

나는 천국을 보았다!

| 이븐 알렉산더

2012년 10월 미국의 유명 시사주간지인 〈뉴스위크〉는 이븐 알렉산더Eben Alexander라는 의사의 '사후세계 체험'을 표지에 싣고 커버스토리로 다루었습니다. 그는 하버드대학 병원에서 근무한 적이 있는 저명한 신경외과 의사였습니다. 갑자기 세균성 뇌막염이라는 희귀한 병에 걸려 뇌사 판정을 받고 7일간 의식 불명의 상태로 있었습니다.

그는, 정확히 말하면 그의 영혼은 이 기간에 몸을 빠져나가 영혼들이 사는 세계에 다녀왔다고 합니다. 평소 그는 대부분 의사처럼 영혼이나 사후세계를 철저하게 부정했습니다. 하지만 근사체험 후 태도가 180도로 바뀌었습니다.

그는 인간이 사후에도 존재하며, 사후세계 혹은 천국도 분명히 존재한다고 주장했습니다. 전에는 인간 의식은 뇌의 화학반응으로 발생하는 것으로 믿었는데, 이 체험으로 의식이 뇌와 독립되어 존재하는 걸 알게 된 것입니다. 뇌사 상태였는데도 보고 듣고 말하고 느끼는 등 지적 행위를 완벽하게 했고, 그 모든 것을 다 기억했습니다.

이 근사체험을 정리하여 2012년에《Proof of Heaven》이라는 제목으로 출간했는데, 다음 해에 아마존과 〈뉴욕타임스〉의 베스트셀러로 선정되었습니다. 이 책은 세계 20~30개의 나라에 소개되어 번역되면서 사후세계에 관한 열풍을 일으키기도 했습니다. 우리나라에서는 2013년《나는 천국을 보았다》라는 제목으로 번역 출간되었습니다.

이븐 알렉산더는 영계에 갔을 때 한 여성의 안내를 받으며 그녀와 깊은 대화를 나누었다고 합니다. 그녀는 '당신은 영원히 소중히 여겨질 것'이고 '어떤 두려움도 가질 필요 없고' '어떤 일도 잘못하지 않을 것'이라고 말했다고 합니다. 그 말을 들으면서 그는 무한한 사랑을 느꼈는데, 당시는 그녀가 누구인지 몰랐습니다. 이 체험 후에 그는 출생의 비밀, 즉 자신이 입양아였다는 사실을 알게 됩니다. 그는 친부모를 찾아갔다가 그 집에서 어떤 여성의 사진을 보게 됩니다. 이 여성은 그가 영계에서 만난 바로 그 여성이었습니다. 이 여성이 누구냐고 묻자 그의 친부모는 이미 세상을 떠난 그의 여동생이라고 답해줍니다. 알렉산더는 자신도 모르는 여동생을 천국에서 만난 것입니다. 이런 일은 근사체험자들에게 곧잘 일어납니다. 자신이 전혀 몰랐던 혈육을 영혼 상태에서 만나 영혼과 사후세계의 존재를 긍정하게 되는 것입니다.

알렉산더의 체험은 영적인 것을 모두 부정해왔던, 그것도 저명한 신경외과 의사가 영혼과 사후세계의 존재를 인정했기에 더 중요하게 여겨집니다. 그의 주장은 아주 간단합니다. 육체의 죽음 이후에도 의식은 존재하고 '신'과 사후세계가 있다는 것입니다. 그가 갔던 '천당'은 말할 수 없이 아름답고 사랑으로 가득 차 있었습니다.

이 경험은 너무도 강렬해 다른 근사체험자들처럼 그역시 2012년 책을 출간한 후 의사 일을 그만두었습니다. 대신 영적인 삶의 중요성에 대해 강연하고 글을 쓰며 살고 있습니다. 돈과 명예 같은 세속의 일이 하찮게 보여 다른 사람에게 봉사하며 사는 영적인 삶을 선택하는 사람들이 적지 않습니다.

왜 사는 동안에는
영적 차원을 발견하지 못하는가

—

나는 육체가 죽은 후에도 의식을 가진 존재로 계속 남으리라고 굳게 믿는다. (중략) 죽음은 상위 차원의 '파동 영역frequency domain'으로 가는 길임을 확신한다. 이 영역은 우리가 죽은 다음에야 완전하게 접근할 수 있다.

(중략) 근사체험 연구를 통해 얻는 교훈 중 하나는 우리 삶 전반에 영적인 상위 차원이 스며들어 있다는 것이다. 우리는 이 사실을 죽는 순간에 발견한다.
그렇다면 지금 우리는 이렇게 질문할 수 있다. 이 사실을 사는 동안에는 과연 발견할 수 없을까?*

—

* 《Life at Death-A Scientific investigation of Near-Death-Experience》, Kenneth Ring, Coward-McCann 1980

최초로 근사체험을 학술적으로 연구하다
| 케네스 링

케네스 링Kenneth Ring은 미국 코네티컷대학의 심리학과 교
수로 국제근사연구학회International Association for Near-Death
Studies를 공동 창립했습니다. 그의 책은 우리나라에 전혀 소
개되지 않았지만, 근사체험 연구사에서 대단히 중요한 인물
입니다. 최초로 근사체험을 학술적으로 연구했기 때문입니
다. 그 연구 결과를 《Life at Death: A Scientific Investigation
of the Near-Death Experience(죽을 때 만나는 삶: 근사체험에
관한 과학적 연구)》라는 제목의 책으로 펴냈습니다.

이 책은 1980년에 출간되었습니다. 이 해는 무디가 근사체험
에 관한 책을 발간한 지 5년째 되는 해로, 무디의 책은 학술
적이라기보다는 수필에 가까웠습니다. 그에 비해 링의 책은
부제처럼 근사체험을 과학으로 접근한 것이지요. 무디가 근
사체험을 처음 공개한 후 5년 만에 학술적인 책이 나온 것입
니다.

이 책은 어떤 점에서 학술적이었을까요? 우선 통계를 이용하
여 연구 결과의 객관성과 신빙성을 높였습니다. 그는 근사체
험을 한 사람들 외에도 체험하지 않은 사람들(이른바 대조군)
을 선별해 양자를 비교했습니다. 그럼으로써 조사 결과가 타
당한지 살펴보았습니다. 이는 통계를 이용한 연구 방법으로,
표준오차를 계산해 결과의 유의미성을 확실하게 밝혔습니

다. 그는 조사 대상 역시 남녀, 인종, 결혼 여부, 종교 교파, 교육 정도, 나이, 근사체험 시의 연령 등을 통해 세세하게 분류해 각기 어떤 결과가 나오는지 살폈습니다.

윗글에서 링은 우리는 모두 이번 생에 일정한 목적을 가지고 태어났다고 밝힙니다. 근사체험자들이 빛의 존재와 대화하면서 확실하게 느끼는 부분이기도 합니다. 하지만 그 목적을 이루지 못했으니, 다시 몸으로 돌아가 여생을 살고 오라는 것이 빛의 존재가 주문한 사안이었습니다. 여기서 그는 이렇게 질문합니다. 과연 그 목적을 근사체험 없이도 알 방법이 있을까 하는 것입니다.

이것은 대단히 중요한 질문입니다. 우리가 이렇게 힘들게 사는 이유는 꼭 이루어야 할 어떤 일, 즉 과업을 달성해야 하기 때문입니다. 그런데 우리 대부분은 그런 사실을 까맣게 잊어버리고 돈이나 명예 같은 헛된 것만 추구하면서 이 귀중한 생을 다 보냅니다.

이 목적을 찾을 수 있는 길을 여기서 가볍게 이야기할 수는 없습니다. 여러 방법이 있을 터인데, 나는 그하나의 방법으로 자신의 무의식과 대화하는 것을 들었습니다(졸저 《무의식에서 나를 찾다》). 그런데 무의식과 대화하기는 쉽지 않습니다. 보통 사람들이 쉽게 시도해볼 방법은 최면입니다. 최면은 무의식으로 들어가는 가장 쉬운 방법이기 때문입니다.

링은 다른 저서, 《Heading Toward Omega: In Search of the Meaning of the Near-Death-Experience(오메가 포인트를 향해: 근사체험의 의미를 찾아서)》에서 근사체험자들을 새로운 인류라고 불렀습니다. 우리 인류가 종국적으로 지향해야 하는 오메가 포인트, 즉 마지막 지점은 근사체험자처럼 사랑의 화신으로 변하는 것이라고 주장했습니다. 그게 인류 진화의 정점이자 끝이라는 것입니다. 인류가 이 세상에 사는 이유는 바로 이런 존재가 되기 위한 것으로, 근사체험자들이 그 전형, 즉 모델이라고 봅니다. 우리는 근사체험자들을 이정표로 삼고 그와 같이 되도록 노력하라는 것입니다.

링은 우리 모두 근사체험자가 될 필요는 없다고 주장했습니다. 물론 자기 의지로 근사체험을 할 수 있는 것은 아닙니다. 대신 우리는 근사체험을 공부하고 체험자들과 대화함으로써 얼마든지 변화할 수 있다고 봅니다. 이 과정에서 우리에게 아주 좋은 사랑의 기운이 생기는데, 그는 이를 '어진 바이러스benign virus'라고 불렀습니다. 그는 우리 모두 이 바이러스를 사회에 전파해 사회를 바꾸어보자고 제안했습니다.

이렇게 근사체험을 장밋빛으로 이해하는 데에 반론이 없는 것은 아닙니다. 카스턴바움Robert Kastenbaum은 《Death, Society and Human Experience(죽음, 사회, 그리고 인간의 체험)》라는 죽음 관련 명저를 쓴 학자로, 이책에서 그는 근사체험을 사후생의 존재를 증명하는 증거로 보기는 어렵다고 주장했습니다. 그리고 근사체험자들이 멋진 세상을 보았다 하더라도 죽는 게 편안한것은 아니라고 공언합니다. 이 말은 지당하다 할 수 있습니다. 죽음 자체는 편안한 것인지 몰라도 임종에 이르는 과정은 힘들기 때문입니다.

이승의 세계는
다른 세계와 완벽하게 어울린다

—

"한 시간 동안 엄마는 어떤 사람(영혼)들이 자신을 보고 있다는 말을 했어요. 그 사람들이 병원 정원에 있다고 하더군요. (중략) 이 사람들은 엄마가 생을 마칠 때 도와주기 위해 왔다는 거예요.

(수 시간이 지난 후에)
엄마는 그들이 병실에 들어오기는 했지만 창문으로만 들어왔다고 하더군요. (중략) 그때 엄마는 그 사람들에게 손을 흔들면서 내 딸(외손녀)에게 그 사람들을 소개했어요.

(다시 몇 시간이 지나고)
이제는 그 사람들이 침대 끄트머리까지 다가왔다고 하면서 내일이면 자신은 떠날 것이라고 했어요. 저 사람들의 안내를 받아서 여행을 떠난다는 것이에요."

이렇게 그의 모친은 그 사람들과 가족들을 대상으로 3자가 대화하는 형식으로 말을 이어나갔다.
이 사례에서 매우 재미있는 점은 당사자가 죽음에 가까이 갈수록 '그 사람'들이 더 다가온다는 것이다. 처음에는 병원의 정원에 있다가 병실로 들어오고 마지막에는 침대에 걸터앉지 않던가? 그리고 그가 가족들과 정상적으로 대화를 나누던 이 이승의 세계는 그 사람들과 소통하던 또 다른 세계와 어떤 틈도 없이 완벽하게 어울렸다.*

---

* 《The Art of Dying》, Peter Fenwick, Elizabeth Fenwick, Continuum 2008

인간 의식은 뇌의 부속물이 아니다
| 피터 펜윅

피터 펜윅Peter Fenwick은 전 세계적으로 저명한 정신과 의사입니다. 그는 '뇌 기능'이나 '의식과 뇌의 관계'에 관심이 많아 그 주제에 관해 다수의 논문을 발표했습니다. 근사체험에 지대한 관심을 갖고 깊이 연구한 학자로도 유명합니다. 그는 연구에만 그치지 않고 롬멜 등 뜻을 같이하는 학자들과 함께 인간 의식의 영원성과 편재성에 대해 선언문을 발표하기도 했습니다.

그의 유명한 저서 《The Art of Dying》은 《죽음의 기술》(정명진 역, 부글북스 2008)이란 제목으로 우리나라에서도 출간되었다.

이 이야기는 '임종 침상 비전 또는 임종 직전의 환시 death bed vision'라 불리는, 인간이 임종 직전에 도달했을 때 겪는 매우 독특한 현상에 관한 것입니다. 여기서 '환시幻視'라는 단어를 써서 마치 환영이나 환상 같은 의미로 보일 수 있는데, 그런 뜻이 아니고 임종자가 실제로 본 것을 말합니다. 이 현상은 보통 때는 일어나지 않습니다. 당사자가 임종에 아주 가까워졌을 때만 일어나는 현상입니다. 그러나 모든 임종자가 이런 현상을 겪는 것은 아닙니다.

임종 침상 비전은 대체로 다음과 같은 모습으로 나타납니다. 임종자들은 공중을 쳐다보면서 혼자 말하는 경우가 있습니다. 예를 들면 '(돌아가신) 아버지가 오셨다'라고도 합니다. 이때 나타나는 영혼들은 개인마다 다른데, 대체로 생전에 그와 가장 친했던 사람의 영혼이 나타나는 듯합니다. 먼저 영계에 간 사람들이 임종이 임박한 사람을 마중 나온 것이지요.

이 사건에서 재미있는 것은 임종자 본인은 자신이 언제 세상을 떠날지 모르는데, 저쪽에서 온 영혼들은 그 시간을 정확히 안다는 것입니다. 그래서 그 시간에 맞추어 마중 나온 것입니다.

어떻게 이런 일이 가능할까요? 아마도 우리가 세상을 떠나는 시간은 사전에 정해져 있기 때문 아닐까요. 이는 이 분야에 밝은 사람들이 공통으로 주장하는 것이기도 합니다. 우리가 이 세상을 뜨는 시간은 대체로 예정되어 있다는 것이죠. 앞의 인용문에서 주인공이 본인이 떠나는 시간을 정확히 안 것은 본인의 직관이나 그 다가온 영혼들이 알려 주었기 때문에 가능했을 것입니다.

임종자들은 마중 나온 영혼만 보는 것은 아닙니다. 그들은 영혼들과 대화하면서 저쪽 세상이 매우 아름답다는 말을 하기도 하는데, 그 영혼들과 함께 펼쳐진 저쪽 세계를 힐끗 보았기 때문일 것입니다. 그 세계가 인간의 언어로는 표현할 수 없을 만큼 아름답다는 것은 근사체험자들의 증언을 통해 숱하게 나왔습니다.

재미있는 것은 임종자가 이렇게 이야기해도 옆에 있는 가족들의 눈에는 그 광경이 보이지 않는다는 것입니다. 이것은 당연합니다. 임종자는 이제 이 물질계보다는 저쪽 세계에 더 가까이 갔기 때문입니다. 그러니까 영혼의 진동수가 저쪽 세계와 비슷해졌기 때문이라는 것이지요.

어떤 환자가 이런 현상을 보이면, 수일 내로 세상을 떠날 것으로 보아도 됩니다. 예외가 있을 수 없습니다. 병세가 나쁘지 않아 곧 임종할 것 같지 않은 사람일지라도 이런 체험을 이야기한다면 수일 내로 분명히 가니 장례 준비를 해야 할 것입니다.

그런데 위의 인용문에서 마중 나온 영혼들이 단번에 임종자 앞에 나타나는 것이 아니라 점점 가까이 다가오는 것이 흥미롭습니다. 우선 병원 정원에 나타났다가 방으로 들어오고, 그리고 수 시간이 지나서 침대에까지 와서 걸터앉았으니 말입니다. 이 영혼들이 왜 이렇게 시간을 달리하면서 점점 다가왔는지는 잘 모르겠습니다. 이런 경우는 흔하지 않습니다.

이 현상을 스베덴보리는 조금 다르게 이야기합니다. 그는 임종자에게 천사가 여러 번 나타난다고 합니다. 임종자의 수준에 맞을 때까지 천사들이 계속해서 나타난다는 것입니다. 한 번에 임종자 수준에 맞는 천사가 나타나면 될 것을 왜 이런 시행착오를 하는지 이해되지 않습니다.

우리나라에서는 같은 현상을 저승사자들이 임종자를 데리러 온다고 표현합니다. 그런데 이 사자들은 임종자의 혼을 데리고 간다기보다는 범인을 붙잡아 가는 듯한 인상이 짙습니다. 임종자는 이 세상을 떠나기 싫은데, 저승사자에게 붙잡혀 어쩔 수 없이 끌려가는 것입니다. 이것은 우리나라 사람들이 저승보다는 현세를 더 중시하기 때문에 생기는 현상입니다. 잘 모르는 저승보다는 지금 내가 사는 이승을 더 좋아하는 것입니다. 그러나 우리는 죽음을 더 적극적으로 준비해야 합니다. '당하는 죽음이 아니라 맞이하는 죽음'이 될 수 있도록 생각을 바꾸어야 합니다.

이 인용문을 실은 것은 펜윅 같은 저명한 의사가 이런 '초자연적인' 현상을 자신의 책에서 설명하고 있기 때문입니다. 보통은 단번에 환상이라고 치부하고 무시하는 의사가 많을 텐데, 펜윅은 그러지 않았습니다. 그 현상을 연구하고 책까지 썼으니 놀랍습니다. 우리나라에도 펜윅 같은 의사들이 나와 더 나은 의료 서비스가 제공되었으면 하는 바람입니다.

4

죽음 너머 삶

사후세계

드높은 지혜의 세계와
만나라

—

심리학자인 나는 인간 안에는 인간이 일상적 의식으로는 도저히 알 수 없는 내면의 깊은 차원이 존재한다는 것을 알고 있었다. 많은 사람들을 접하면서 나는 그들의 능력이 잠재되어 있는 내면의 세계에 들어가고 싶었다. 그리고 그 깊숙한 내면에 어떤 통찰력이 잠재되어 있는지 알고 싶었다. 평상시의 의식으로는 도저히 알 수 없는 그 드높은 지혜의 세계가 나의 마음을 끈 것이리라.

나는 우리 인간이 육체 속의 삶을 살게 되면서 자신의 진정한 자아로부터 단절되고, 육체 밖에서 알고 있었던 참다운 지식에 대해서는 까맣게 잊어버렸다는 사실을 최면 체험을 통해 분명하게 깨달았다.[*]

—

[*] 《Life Before Life》, Helen Wambach, Bantam 1979

집단 최면으로 사후세계가 존재함을 알리다

| 헬렌 웜백

헬렌 웜백Helen Wambach(1925~1986)는 집단 최면을 통해 사후세계나 인간의 환생에 대해 밝힌 심리학자입니다. 보통은 개인에게 최면을 걸어 사후세계나 전생을 탐구하는데, 그는 특이하게도 집단 최면 작업을 했습니다. 원래 그는 역행최면이나 전생체험을 전혀 믿지 않았습니다. 믿지 않는 정도가 아니라 경멸하기까지 했습니다. 그래서 이런 주제들이 얼마나 허망한 것인지 밝히기 위해 최면을 시도했다가 외려 사후세계나 전생이 엄연히 존재함을 깨닫게 되었습니다.

그는 최면 대상자들에게 그들이 전생에 누구였고 언제 살았는지뿐만 아니라 더 구체적인 것을 이야기하게 했습니다. 최면 상태에서 성별과 계층, 인종, 입던 옷이나 신발, 사용했던 가정용품, 돈과 집, 음식 등을 자세히 묘사하게 했습니다. 그랬더니 대상자들은 자신도 알지 못하는 외국어로 이야기하는가 하면, 그들이 묘사한 것들이 과거에 실제로 존재했던 것으로 드러났습니다.

결과가 이러하니 웜백은 생각을 바꾸지 않을 수 없었을 것입니다. 그는 "나는 환생을 믿지 않는다. 나는 그것을 안다"는 담대한 주장을 했습니다. 환생은 굳이 믿을 필요가 없는 앎의 문제라는 것입니다.

앞에서 인용한 《Life Before Life(삶 이전의 삶)》도 750명을 집단 최면하여 들은 이야기를 정리해 펴낸 것입니다. 대부분은 과거 전생으로 돌아가게 했지만, 간혹 미래로 보내는 실험도 했습니다. 그 결과 소수의 대상자가 2100년과 2300년의 시점으로 갔다고 합니다. 이들은 환경오염으로 많은 인류가 사라졌다고 보고했습니다. 최면으로 미래로 가는 것은 전생으로 가는 것보다 훨씬 어렵다고 하는데, 이에 대한 진실 여부는 판단을 유보하는 것이 낫겠습니다.

이같이 역행최면으로 환생을 탐구하는 것은 더는 새로운 주제가 아닙니다. 마이클 뉴턴Michael Newton 같은 최면 연구가의 《Journey of Souls(영혼들의 여행)》 같은 책이 큰 인기를 끌고 있는 것으로 보아 많은 사람이 이 주제를 접하고 있다는 것을 알 수 있지요. 여기서 웜백을 소개하는 것은 그의 퇴행최면 체험에서 다른 면을 발견했기 때문입니다.

웜백은 최면 상태의 대상자들이 대단한 지식과 지혜를 갖고 있음을 발견하게 됩니다. 일상 의식으로는 도저히 알 수 없는 것들을 그들이 알고 있었던 것입니다. 가령 자신이 이 세상에 왜 태어났는지, 지금의 부모나 다른 가족은 전생에 나와 어떤 관계였는지, 나는 어떤 카르마에 의해 지금 이런 삶을 살고 있는지 등을 모두 자세하게 알고 있었습니다.

특히 이번 생의 목적이 무엇인지에 대해 확실하게

알고 있었습니다. 그들은 전생에 자신이 어디서 어떤 계급으로 살았고 무슨 옷을 입고 무슨 음식을 먹고 살았는지와 같은 매우 세세한 지식도 모두 기억하고 있었습니다.

이런 것들은 육신을 갖고 사는 지금의 상태에서는 전혀 알 수 없는 것들입니다. 현재의 우리는 전생이고 뭐고 아무 기억도 하지 못합니다. 인용문에서처럼 우리는 육신 속에 들어오면서 우리의 진정한 자아와 단절되어 영혼 상태에서 알고 있었던 지혜나 지식을 다 잊어버린다고 합니다. 아니, 생각나지 않는다는 것이 더 정확한 표현이겠습니다. 우리의 무의식에는 이 우주와 인간의 삶에 대한 무한한 지혜와 지식이 저장되어 있는데, 이것은 평상 의식으로는 캘 수 없는 것들입니다.

이렇게 저장된 기억에는 심지어 우리가 인간으로 진화하기 전의 기억까지 포함된 것으로 알려져 있습니다. 마이클 뉴턴은 파충류였을 때의 기억이 있는 사람 이야기를 책에 썼습니다. 인간의 무의식에 그런 기억까지 있다고 하니 놀랐습니다. 물론 전혀 검증되지 않은 이야기이니 귀담아들을 필요는 없습니다.

웜백은 최면 대상자들에게 내면의 자아가 지닌 지혜를 스스로 알게 해주었습니다. 최면치료를 받은 그들은 자신이 왜 이번 생에 살고 있는지 확실히 알게 되어 더는 방황하지 않을 수 있었다고 합니다. 또한 이들은 전생의 존재를 확신하면서 죽음에 대한 공포도 떨쳐낼 수 있었습니다. 이런 면에서 최면은 아주 유용하게 쓰이는 듯합니다.

저 역시 역행최면을 했던 사례를 정리하여 《전생 이야기》라는 책을 낸 적이 있습니다. 그중 한 사람은 그 체험 뒤 성격이 많이 바뀌었습니다. 조급했던 마음이 느긋해지고 화내는 일이 거의 없게 되었습니다. 이러한 변화는 최면을 통해 자신의 거대한 무의식과 만났기 때문에 가능했을 것입니다.

영혼을 지닌 몸,
몸을 가진 영혼

—

우리가 죽음이라고 부르는 것은 단지 몸을 영원히 떠나는
행위일 뿐이다. 여기에 동의한다면 '나는 영혼을 지닌 몸
이 아니라 몸을 가진 영혼'임을 받아들일 수 있다. 사람은
죽지 않는다. 단지 몸만 죽을 뿐이다.

몸은 '지상의 옷earthly suit'이다. 몸이 없다면 우리는 책을
읽거나 전화할 수 없고 외부 세계와 상호작용을 할 수 없
다. (중략) 이 지상의 옷은 이 지구에 살 때 꼭 필요하다.
우주비행사들이 우주선 바깥에서 일할 때 우주복이 꼭 필
요하듯이 말이다.

영혼들은 지상에 있는 우리와 끊임없이 접촉을 시도한다.
단지 우리가 눈치채지 못할 뿐이다. 가만히 돌이켜보면,
여러분도 얼마 전 타계한 영혼, 예를 들면 어머니 영혼이
소식을 전해왔음을 알 수 있을 것이다.*

—

* 《Hello from Heaven: A New Field of Research-After-Death Communi-
cation Confirms That Life and Love Are Eternal》, Bill Guggenheim, Judy
Guggenheim, Bantam 1997

사후통신을 최초로 체계화하다
| 빌 구겐하임

빌 구겐하임Bill Guggenheim은 사후통신After-Death Communication, ADC이라는 용어를 처음으로 만들고 이 현상을 정리한 사람입니다. 사후통신이란 망자의 영혼과 소통하는 것을 말합니다. 이 용어는 레이먼드 무디가 직접 만든 용어인 근사체험Near-Death Experience, NDE을 연상시킵니다. 두 사람 다 새로운 분야를 연구하면서 관련 용어도 새롭게 만들어야 했던 것입니다.

빌은 사후통신을 "어떤 사람이 사망한 가족이나 친구를 직접directly 자발적으로spontaneously 접촉했을 때 생기는 영적인 체험"이라고 했습니다. 이 문장에서 중요한 것은 '직접'과 '자발적'이라는 두 단어입니다. 여기에 이 체험의 핵심이 들어 있기 때문입니다.

우선 이 체험이 '직접'적이라는 것은 영능력자나 영매 혹은 최면술사 같은 중재자나 제3의 인물이 관여하지 않는다는 것입니다. 망자의 영혼이 자신의 가족과 일대일로 직접 대면합니다. '자발적'이라는 것은 망자의 혼이 살아 있는 사람과 접촉할 때 그가 주도권을 갖는 것을 말합니다. 그는 지상의 친지와 언제, 어디서, 어떻게 할지 소통 방법을 정합니다.

빌의 책에 나오는 사례들을 보면 지상에 있는 사람이 운전하는 중에 망자의 혼이 소통을 시도하는 경우가 꽤 있습니다. 운전자는 운전에 집중해야 하기에 그가 먼저 망자와 소통하길 바라지는 않습니다. 그러나 영혼은 소통이 필요하면 언제든 시도합니다. 해당 영혼이 먼저 자발적으로 하는 것입니다.

빌은 이 연구를 위해 7년 동안이나 면담 조사를 했습니다. 조사 지역도 광범위했습니다. 미국 50주 전체와 캐나다의 10주가 대상 지역이었고, 약 2,000명이 조사 대상이 되었습니다. 이처럼 광범위한 조사로 그는 3,300개에 달하는 많은 사례를 모을 수 있었습니다. 미국의 사례를 분석해보니, 전체 인구의 20%에 해당하는 5,000만 명이 사후통신을 했다는 결과가 나왔습니다. 참으로 많은 사람이 체험한 것입니다. 나도 사후통신 경험이 있으니, 한국인 가운데에도 이 체험을 한 사람이 많을 것입니다.

그런데 사후통신의 양상이 매우 다양했습니다. 빌은 이것을 열두 유형으로 나누어 다음과 같이 정리했습니다.

1. (망자의) 임재臨在 느끼기: 지각적인 사후통신

2. (망자의) 목소리 듣기: 청각적인 사후통신

3. (망자의) 접촉 느끼기: 촉각적인 사후통신

4. (망자의) 향기 맡기: 후각적인 사후통신

5. (망자가) 부분으로 나타나기: 시각적인 사후통신

6. (망자가) 전체로 나타나기: 시각적인 사후통신

7. 저 너머 세계 잠깐 보기: 사후통신 환영vision

8. (뇌파가) 알파파 상태에서의 조우: 중간twilight 지
   대의 사후통신

9. 꿈의 체험: 수면 상태의 사후통신

10. 귀향하는homeward bound 체험: 체외이탈 중 겪는
    사후통신

11. 개인 대 개인person-to-person 체험: 전화로 하는 사
    후통신

12. 물질로 체험하는 사후통신: 물질적 현상의 사후
    통신

이 가운데 우리가 가장 흔하게 경험하는 사후통신은
꿈에서 망자의 혼을 만나는 것입니다. 그런데 망자가
그냥 꿈에 나오는 것과 실제로 망자의 혼이 꿈에 나오
는 것은 아주 다릅니다. 가장 다른 점은 진짜 망자의 혼
과 접촉한 꿈은 생생하다는 것입니다. 잠이 깬 다음에

도 잊히지 않고 그 감동을 계속 유지하게 됩니다. 내가 경험해본 바로는 정말로 망자와 꿈에 사후통신한 사람은 그다지 많은 것 같지 않습니다.

그런데 사후통신을 할 때 여러 유형이 같이 나오는 경우도 있습니다. 예를 들어 망자의 혼이 상반신만 나오고 그의 목소리가 들렸으며 독특한 냄새가 났다면 이것은 세 유형이 동시에 나타난 것입니다. 여기서 믿을 수 없는 일들을 자주 목격하게 되는데, 망자가 생전 모습으로 나타나는 것입니다. 대표적인 예가 퀴블러 로스가 경험한 것입니다.

퀴블러 로스는 호스피스 일이 너무 고되 병원을 그만두려고 했습니다. 그런데 몇 달 전에 죽은 그의 환자가 대낮에 영의 형태로 나타났습니다. 로스의 간호는 너무도 값진 것이니 병원을 그만두지 말아 달라고 부탁하기 위해서였습니다. 그리곤 그냥 사라져버렸습니다. 이것은 빌의 분류에 따르면 6번째, 즉 망자가 전신으로 나타난 경우입니다.

빌은 바로 이 이야기를 로스에게 직접 듣고 큰 충격을 받아 사후통신을 연구하기 시작했다고 합니다. 그는 원래 증권과 관련한 일을 하면서 영적인 일에는 관심이 전혀 없었는데, 로스의 강연을 듣고 이 길로 들어선 것입니다.

사후통신 유형 가운데 가장 신기한 것은 열한 번째로 망자가 전화로 소식을 전하는 것입니다. 벨 소리가 나서 전화기를 받아보니 저 먼 곳에서 망자의 목소리가 들렸다는 것이지요. 그의 책에는 이런 신기한 예가 수없이 많이 나오는데, 이외에도 주변 동물이나 곤충을 이용해 망자가 소식을 전하는 경우도 있습니다. 가장 많이 나오는 예는 나비입니다. 나비가 나올 수 없는 상황인데, 갑자기 나비가 나타나 망자의 가족과 한참 동안 같이 있는 것입니다. 나비가 많이 나오는 이유는 나비가 부활의 상징이기 때문일 겁니다.

내가 이 글을 소개한 것은 빌이 인간을 정의한 것이 새로웠기 때문입니다. 우리는 육신을 먼저 생각하고 그다음에 혼을 생각하는데 빌은 반대였습니다. 즉, 우리 인간은 '영혼을 지닌 몸이 아니라 몸을 가진 영혼'이라는 것이죠. 영혼이 우선인 것이 이채롭습니다. 몸을 '지상의 옷'이라고 하는 것 역시 재미있습니다. 영혼인 우리가 지상에서 살아가려면 옷이 필요한데 그게 이 몸이라는 것입니다.

그러나 지상에서의 삶이 끝나면 당연히 우리는 이 옷을 버리고 원래 상태인 영혼으로 돌아가게 됩니다. 모두 당연한 이야기이지만 아주 새롭게 들립니다.

이번 생을 마치고
본향으로 돌아갔을 때

—

질문:
상당히 어릴 때 죽은 사람은 사후세계에서 무슨 일을 겪나요? (다른 사람들은 죽으면 먼저 그 세계로 들어간 친지나 친구들이 마중 나오는데) 이들은 다른 사람들보다 일찍 죽었으니 누가 마중 나오나요?

대답:
사후세계에는 이번 생에 나보다 먼저 죽은 친지나 친구의 숫자와 관계없이 나를 맞이해줄 영혼이 항상 있습니다. 영계는 본향 같은 곳입니다. 그곳에는 지상에서보다 아는 사람(영혼)이 더 많습니다. 여기서 잊지 말아야 할 것이 있습니다. 우리에게는 이곳에 태어나기 전, 이번 생의 계획을 짜는 걸 도와주었을 뿐만 아니라 지상에서 이번 생을 살 때 계속해서 우리를 이끌어준 수호령이 있습니다. 이 수호령(들)은 우리가 죽어 본향인 영계로 갔을 때 당연히 우리를 맞이합니다. 우리는 그들을 마치 옛 친구처럼 금세 알아봅니다. 그것이 가능한 것은 우리가 지상에서 살 때 가졌던 망각의 베일이나 커튼이 더는 우리를 막지 못하기 때문입니다.*

—

* 《Answers about the Afterlife》, Bob Olson, Building Bridges Press 2014

사후세계 인터넷 방송국을 세계 최초로 개설하다
| 밥 올슨

밥 올슨Bob Olson은 현재 50대로, 매우 재미있는 이력을 가진 사람입니다. 앞에서 인용한 책은 미국 아마존 책 소개 사이트에서 600여 명이 독자 서평을 썼을 정도로 매우 유명합니다. 이 방면의 주제를 다룬 책 가운데 이 책을 능가하는 것은 정신과 전문의 와이스Brian L. Weiss 박사의 《나는 환생을 믿지 않았다Many Lives, Many Masters》나 뉴턴의 《영혼들의 여행 Journey of Souls》 정도밖에 없는 것 같습니다. 이 책은 학술적이거나 전문적이진 않지만, 사후생을 다룬 책 가운데 단연 으뜸입니다.

대학에서 범죄학을 전공한 올슨은 영적인 데는 전혀 관심이 없는 사설탐정이었습니다. 더 나아가 영혼이나 사후세계에 대단히 회의적이었을 뿐만 아니라 그냥 부정해버리는 보통 미국인이었습니다. 1997년에 아버지가 폐암으로 세상을 떠났을 때, 그는 내면에 잠들어 있던 영적인 문제에 관심을 갖게 됩니다. 사랑하는 아버지가 죽은 후 영영 소멸되었는지, 아니면 종교의 가르침처럼 영혼 형태로 계속 남아 있는지 크게 궁금했기 때문입니다.

그는 이 문제를 풀기 위해 사설탐정의 경험을 살려 하나하나 규명하기로 마음먹었습니다. 가장 많은 도움은 영매에게 받았습니다. 미국에서는 영적인 것에 눈을 뜬 사람들이 영매로부터 많은 도움을 받고 있습니다. 그는 영매를 찾아가 아버지의 영혼과 접촉했는데, 여러 방법으로 검증해보고 나서 분명히 아버지 영혼이라는 결론을 얻게 됩니다. 아버지와 자신만 아는 사실을 영매를 통해 아버지에게서 들었기 때문입니다. 아버지의 영혼은 그에게 이 주제에 관해 책 쓸 것을 권했고, 그 결과 이 책이 나온 것이지요.

이 책은 우리가 사후세계와 영혼에 관해 궁금할 만한 질문 150개를 던지고 그에 답하는 형식으로 되어 있습니다. 인용문은 그 가운데 하나입니다. 그는 탐정답게 수많은 경우의 수를 상정해 질문하고 답을 적었습니다. 답은 무척 전문적인 수준이어서 이 분야를 연구한 교수나 학자들과 비교해도 전혀 부족하지 않을 정도입니다. 독자들의 이해를 돕기 위해 이 책의 질문 가운데 몇 가지를 더 소개합니다.

- 임종 시 우리의 영혼은 언제 몸을 떠나는가?
- (죽은 뒤에) 우리 뇌가 죽는다면, 우리는 어떻게 의식할 수 있는가?
- 왜 아무도 사후생이 존재한다는 것을 증명하지 않는가?
- 우리가 지닌 종교적 믿음과 실행은 내세에 우리에게 어떤 영향을 줄까?
- 내가 결혼을 여러 번 했다면 (그리고 그 남편들이 다 죽었다면) 사후세계에 갔을 때 어떤 남편이 먼저 나를 반겨줄까?
- 사후세계에서도 나는 지금의 배우자와 결혼 상태에 있는가?
- 영혼의 세계에서는 우리가 어떻게 보이는가?

- (배우자가 먼저 죽었을 경우) 이 배우자는 나의 재혼을 어떻게 생각할까?
- 살인자는 내세에 그가 죽인 사람들을 만날까?

모두 재미있는 질문들입니다. 얼마나 방대하고 꼼꼼하게 사후세계 전반을 다루고 있는지 알 수 있을 것입니다.

앞의 인용문은 수호령에 대한 것입니다. 이쪽 세계에 밝은 사람들은 한결같이 우리 모두에게는 한 명 이상의 수호령이 있다고 합니다. 그 수호령은 우리와 평생을 같이 하는데, 어릴 때는 그 수호령과 이야기를 나누는 어린이도 있습니다. 퀴블로 로스의 《사후생》에는 한 할머니가 임종 직전에 자신이 어릴 때 보았던 수호령이 다시 나타난 것을 목격한 이야기가 나옵니다. 이 할머니가 죽게 되니 마중 나온 것으로 보입니다.

과연 수호령은 어떤 존재일까요? 수호령을 대단한 존재로 생각하는 경향이 있는데 사실은 그렇지 않습니다. 당사자의 친한 친척이나 친구의 영이 그 역할을 하기 때문입니다. 아버지나 할머니 같은 아주 가까운 친척이 수호령을 맡는 경우가 가장 많습니다.

밥 올슨은 'AfterlifeTV.com'이라는 인터넷 방송을 운영하고 있습니다. 여기에 수많은 죽음 전문가들과의 면담 영상을 올려놓았습니다. 이 책의 주제와 관련해서 현재 미국의 동향이나 수준을 읽을 수 있어 아주 흥미롭습니다. 그 외에도 영매에 관련한 정보를 정리하여 홈페이지도 만들었습니다. 'BestPsychicMediums. com' 'BestPsychicDirectory.com' 'PsychicMedium-Workshop.com' 등으로, 미국 내에서 활동하는 모든 영매의 진상과 각 영매가 어떤 분야에 능한지 알 수 있습니다.

땅에 묶인 영혼들과
빛으로 들어가기

—

(영계로 가지 않고 떠도는) 영혼은 순수한 에너지체이기에 에너지가 필요하다. 몸이 없기 때문에 먹거나 잠잘 필요는 없지만, 생존하려면 에너지가 있어야 한다. 영혼이 원하는 에너지는 전류 같은 기계적인 에너지가 아니라 영적인 것이다.

영혼들은 인간의 음식이 아니라 인간이 만들어내는 감정적이거나 영적인 에너지가 필요하다. 유령 가운데에는 물질계와 잘 교류하는 영혼이 있다. 그러나 공포 영화에서처럼 한낱 에너지에 불과한 영혼이 사람을 죽이거나 위험에 빠뜨리는 것은 가능하지 않다.

묘지에 영혼들이 많이 떠돌 것으로 생각하지만, 사실이 아니다. (그러니 공동묘지에 갔을 때 으스스하다고 느낄 필요가 없다.) 자신의 추모식에 참석하는 경우를 제외하면 무덤을 배회하는 영혼은 거의 없다. (몸이 죽어 영혼 상태가 되었지만 영계로 가지 않고 지상을 배회하는) 어스바운드 earthbound (땅에 묶인) 영혼들은 에너지가 필요하다. 그래서 사람이 많이 모인 곳에 가면 그런 영혼들이 많다. 쇼핑몰이나 슈퍼마켓, 유원지와 놀이공원, 체육경기장, 콘서트홀, 병원 응급실, 술집, 요양원, 극장, 비행기, 경찰서 등 사람이 많아 에너지가 넘치는 곳들에서 그런 영혼들이 발견된다.

영혼이 더 높은 수준으로 진보하는 유일한 길은 빛으로 들어가 그곳에서 펼쳐지는 과정을 체험하는 것밖에 없다.[*]

---

[*] 《When Ghosts Speak》, Mary Ann Winkowski, Grand Central Publishing 2009(한국에는 《어스바운드, 당신 주변을 맴도는 영혼》(김성진 역, 900 2011)으로 번역되어 나왔다.)

지상을 배회하는 영혼을 구하다

| 메리 앤 윈코우스키

메리 앤 윈코우스키Mary Ann Winkowski 역시 이 책에 나오는 다른 사람들처럼 매우 특이한 사람입니다. 자신의 정체성을 '초자연 탐정paranormal investigator'이라고 밝혔는데, 일반적인 용어로 하면 영매입니다. 그는 어려서부터 영을 보는 능력이 있었습니다. 아마 모계로 이어지는 능력으로 보입니다. 외할머니와 어머니, 딸까지도 같은 능력을 갖고 있었기 때문입니다.

그는 영을 보고 영과 소통하는 능력을 갖고 있습니다. 현재 미국에는 이런 능력을 가진 사람이 대단히 많은 것 같습니다. 이들이 쓴 책도 많이 출간되었고, TV 토크쇼에 영매들이 출연한 것도 종종 볼 수 있습니다. 물론 수준이 떨어지는 영매도 많겠지요.

많은 영매 중에서 윈코우스키를 소개하는 것은 그가 전한 이야기가 미국의 대표 지상파 방송인 CBS에서 〈고스트 위스퍼러〉라는 제목의 드라마로 만들어졌기 때문입니다. 이 드라마는 여러 시즌을 방영할 정도로 미국에서 인기가 많았습니다 (우리나라에서도 케이블 채널에서 방영했습니다).

윈코우스키의 이야기는 미국인들 사이에 넓은 공감대를 형성한 듯합니다. 사람들에게 감동이나 재미를 주는 소재가 아니라면 결코 드라마의 주제가 될 수 없을 테지요. 윈코우스키의 이야기는 영에 대한 이야기이지만, 이야기 하나하나가 전하는 주제가 뚜렷했고 감동적이었습니다.

그는 다른 영매와 달리 영계로 가지 못했거나 가지 않고 지상을 떠도는 영혼을 돕고 있습니다. 이 영들을 영어로는 'earthbound spirit'라고 하는데, 우리는 '지박령地縛靈'이라고 번역합니다. '지박'이란 땅에 묶여 있다, 혹은 구속되었다는 뜻입니다. 사람들은 이런 영혼들을 '유령'이나 '귀신'이라고 부릅니다.

사실 영혼이 존재한다는 것 자체도 받아들이기 어려운데, 지상을 배회하는 영혼이 있다고 하니 더 믿기 어려울 것입니다. 일단 판단을 유보하고 그의 이야기들을 들어봅시다. 들어보고 취할 게 있으면 취하고 그렇지 않으면 버리면 됩니다.

윈코우스키에 따르면, 사람이 죽어 영혼이 되면 영혼들의 세계인 영계로 가야 합니다. 그런데 그렇게 하지 않고 이 지상에 머무는 영혼이 많은데 거기에는 나름의 이유가 있습니다.

우선 사고 등을 당해 갑자기 죽었을 때 영혼은 자신의 한을 풀고 싶고 못다 한 일을 완수하고 싶어 합니다. 가족들에게 전하지 못한 말도 있으니 선뜻 떠나지 못하고 이승에 미련이 남은 것입니다. 그래서 사고당한 그 자리에서 서성이며 계속 남아 있다고 합니다. 갑자기 죽임을 당했으니 황망하고 분통해서 어디로 갈 생각을 하지 못하는 것입니다.

게다가 자신이 죽는지도 몰랐으니 죽을 준비도 제대로 하지 못했습니다. 당연히 가족과도 제대로 정리하지 못해 가족이 있는 지상을 떠나지 못합니다. 이럴 때 윈코우스키가 해결에 나섭니다. 그 영혼이 가족에게 전하고 싶은 정보를 대신 알려주는 것입니다.

그녀가 가족들에게 망자의 소식을 전하면 가족들은 처음에는 말도 안 된다고 펄펄 뜁니다. 당신이 뭔데 이런 일에 나서냐는 질책부터 시작해서 죽은 사람의 영혼이 어디 있으며 더 나아가서 그 영혼이 무슨 메시지를 전하느냐고 따집니다. 그러나 윈코우스키는 가족이 믿을 만한 정보를 제공하면서 끈질기게 설득해 영혼의 말을 받아들이게 도와줍니다. 그러면 그 영혼은 안심하고 지상을 떠납니다. 대체로 드라마는 이렇게 구성되어 있습니다.

그는 심지어 살해당한 영혼과 대화를 나누어 사건을 해결하는 데 결정적인 증거를 제공하기도 했습니다. 마약단속반이었던 한 형사가 마약사범들에게 살해되었을 때, 영혼으로 나타나 자신의 시신이 있는 곳을 알려줘 동료 경찰이 찾게 했지요. 이런 이야기는 정말로 믿기 어렵습니다. 어떻든 그의 조력으로 사건이 해결

되었으니 경찰로서는 반길 일이 아닐 수 없습니다. 그런데 이런 일은 뜻밖의 방향으로 흐르기도 합니다. 그가 일반인으로서는 알 수 없는 너무 많은 정보를 알고 있어 FBI 용의자 명단에 오른 적도 있었다고 합니다.

자신이 죽었음을 모르는 영혼 이야기도 나옵니다. 다른 사례에서 살펴보았듯이 우리는 영혼이 된 다음에 주관적으로 지상에서와 같은 환경을 만들어 그곳에 있으면서 자신이 여전히 살아 있다고 생각하기도 합니다. 그는 자신이 죽었음을 모르는 영혼들에게 '당신은 이 지상의 삶이 마감되었으니 이제 당신 길을 가야 한다'고 설득합니다. 그런 다음 그들에게 빛을 보여주는데, 바로 영계로 가는 통로를 의미합니다. 그러면 영혼들은 기꺼이 그 빛으로 들어가 영계로 들어갑니다. 이렇게 되면 지박령에서 해방되는 것이지요.

앞의 인용문에서 재미있는 것은 영혼들이 사람이 많이 모이는 장소에 있다는 것입니다. 우리는 보통 공동묘지 같은 곳에 가면 으스스하다면서 귀신이 나올 것 같다고 하는데, 사실 그렇게 한적한 곳에는 지상을 떠도는 영혼이 없다는 것이지요. 대신 사람이 많은 쇼핑몰, 야구장, 술집, 나이트클럽 등에 많은데, 그것은 영혼들에게 필요한 에너지를 얻을 수 있기 때문입니다. 사람들이 뿜어내는 생각이 에너지이니, 당연히 사람 많은 곳에 그런 에너지가 많지 않겠습니까.

우리가 이 이야기를 통해 배울 수 있는 것은 우리 자신이 임종을 맞이하고 영혼 상태가 됐을 때 결코 지상에 탐착해서는 안 된다는 것입니다. 대신 우리 앞에 나타나는 찬란한 빛에 자신을 맡기고 그다음 삶이 시작되는 걸 확실하게 알아야 합니다.

우리 삶은
죽음 뒤에도 계속된다

—

죽음 뒤에도 삶이 지속된다면, 우리는 삶의 속도를 늦출 수 있다. 지구에서의 삶은 경주race가 아니며, 짧은 시간에 더 많은 것을 이루어야 한다는 압박도 느끼지 않게 된다. 죽음 뒤에도 의식이 존속된다면, 우리는 외부 사회의 압력이 우리 삶의 가장 중요한 지침이 아님을 알게 된다. 우리는 삶의 의미나 목적을 찾는 데 관심을 돌릴 것이다. 그 결과 우리 자신이 사랑할 능력이 뛰어난, 자비로운 인간이 될 잠재력이 있음을 깨달을 것이다.[*]

—

[*] 《The Afterlife Experiments: Breakthrough Scientific Evidence of Life After Death》, Gary E. Schwartz Ph. D., Atria Books 2003

영매를 통한 사후세계 탐사 프로젝트
| 게리 슈워츠

게리 슈워츠Gary Schwartz는 대단히 재미있고 신실한 사람입니다. 하버드대학에서 심리학으로 박사학위를 받고 예일대에서 교수 생활을 했으며 지금은 애리조나대학 교수이니 그야말로 '멀쩡'한 사람입니다. 그런 그가 인간 의식은 육신(뇌)과 별도로 존재하고 그 의식은 영원히 존재하며 사후세계가 있다는 것을 증명(?)하기 위해 수십 년 동안 영매를 연구했으니 이상하다 못해 기괴하기까지 합니다. 영매를 대상으로 하는 연구는 대학 같은 제도권에서는 절대 하지 않을 뿐만 아니라 피하는 주제입니다. 그런데도 그 연구를 그렇게 오래 했으니 괴짜가 아닐 수 없습니다.

그가 영매를 연구 대상으로 삼은 것은 어쩔 수 없는 일인지도 모릅니다. 영의 세계를 가장 잘 아는 사람이 영매라고 생각했기 때문입니다. 특히 그는 영혼이나 사후세계의 존재를 마뜩찮게 생각하는 회의론자들을 설득하기 위해 엄청나게 노력했습니다. 특히 영매를 대상으로 한 실험은 많은 회의론자의 질타를 받을 염려가 있어 매우 조심했을 것입니다. 게다가 믿을 수 없는 영매가 많았기에 더 주의했습니다(영매 대부분은 가짜라 해도 그리 틀린 말은 아닐 것입니다). 그런데 영매를 연구 대상으로 삼은 것은 게리가 처음은 아니라고 합니다. 미국의 대사상가이자 심리학자인 윌리엄 제임스William

James도 당대 최고의 영매를 연구했다고 합니다.

게리 슈워츠는 자기주장만 하는 과학자들을 머리를 땅에 박은 타조에 비유하면서 비판했습니다. 과학자들은 유물론적 세계관만 따르는 나머지 다른 의견에 대해서는 마음의 문을 닫아버립니다. 물질만 존재하며 영이나 의식은 물질에서 파생한 것이라고 믿기 때문입니다. 게리는 그런 모습이 머리를 땅에 박고 다른 아무것도 보지 않는 타조와 비슷하다고 한 것입니다. 그는 과학자들에게 타조 대신 독수리가 되라고 요구했습니다. 독수리는 아주 높이 날면서 전체를 볼 수 있으며 동시에 눈이 좋아 수 킬로미터 아래 있는 쥐를 찾아낼 정도로 세부적인 것도 다 볼 수 있습니다. 그러니까 그의 요구는 우리가 사물을 볼 때 독수리처럼 전체를 보려고 노력하되 세부적인 것도 놓치지 말라는 것입니다.

이런 생각으로 게리는 영매를 연구하면서 책잡힐 것이 없는 실험 환경을 만들려고 노력했습니다. 과학적으로 완벽한 실험이 되도록 '삼중 블라인드 실험triple blind test'을 고안했습니다. 실험에 참여한 영매와 상담자, 실험자 이 세 사람이 서로를 전혀 보지 못하는 상태로 질문하고 답하게 했습니다. 상담자는 영매에게 어떤 단서도 주지 않고 가능한 한 간단하게 대답하게 했습니다.

사실 많은 영매들은 자신의 영능력이 아니라 상담자가 제공한 단서와 눈치로 적당히 넘겨잡아 정보를 제시하는 경우가 많습니다. 상담자는 그게 자신이 이미 제공한 정보인지도 모르고 진짜 영계의 친지로부터 온 것인 줄 알고 감동합니다.

게리는 이런 가능성을 철저하게 차단한 것입니다.

게리는 이런 방식으로 최고로 꼽히는 영매들을 실험했습니다. 이들 중에는 최고의 영매로 꼽히는 존 에드워드도 포함되어 있었습니다. 이런 실험을 통해 게리는 실재 영혼이 아니라면 절대로 알 수 없는 정보가 제시되는 것을 목격하고 영혼과 사후세계가 존재한다고 선언합니다. 또한 사후에도 우리 의식은 존재하며 영원불멸한다고 강하게 주장했습니다. 연구 결과로 펴낸 책이 바로 위에서 인용한 책입니다. 책 제목에 '실험experiment'이라는 단어가 나오는 것을 보면, 그는 사후생을 과학적으로 실험하고 싶었음을 알 수 있습니다.

게리 슈워츠의 책이나 강연을 보면 재미있는 내용이 많습니다. 앞서 언급했듯이 특히 회의론자들을 설득하기 위해 영혼과 사후세계가 존재하는 것을 과학적으로 증명하는 데 많은 노력을 기울였습니다. 그러한 작업 중에는 '다섯 손가락 테스트five finger test'가 있습니다. 어떤 명제가 '참true'으로 인정받으려면 5가지 조건을 충족시켜야 합니다. 그것을 다섯 손가락에 비유한 것입니다.

첫째, '이론'이 있어야 한다. 둘째, '조사'가 이루어져야 한다. 셋째, 믿을 만한 사람들이 주장해야 한다. 넷째, '개인적인 체험'이 있어야 한다. 다섯째, 1~4까지의 요인을 무시할 만한 유력한 이유가 없어야 한다.

여기서 재미있는 것은 세 번째 조건입니다. 그는 믿을 만한 사람의 조건으로 다음 7가지를 들고 있습니다. 성공적인 삶을 살아야 하고, 똑똑해야 하며, 회의적인 태도를 견지해야 하고, 예외를 인정하거나 자신의 의견을 고집부리지 않는 등 삶의 태도가 세련되어야 하고, 요령 있고 경험이 많아야 하며, 솔직하고 믿을 수 있어야 하고, 정신적으로 정상이어야 한다는 것이 그것입니다. 게리는 이를 충족시키는 인물(예를 들어 여성으로서 해군 사령관을 지낸 수잔 기이즈만 같은 사람)의 실명을 거론하기도 했습니다. 실제로 이런 조건을 갖춘 사람의 주장이라면 믿음이 갈 수 있겠다는 생각이 듭니다.

앞의 인용문은 그다지 새로운 내용은 아닙니다. 사후세계가 존재한다는 것을 인정한다면, 우리 삶이 근본부터 바뀐다는 것이 주 내용으로, 앞에서도 언급한 적이 있습니다.

사후세계를 인정하지 않으면 오로지 남는 것은 이 세계뿐입니다. 그러니 이 세계에서 어떻게든 남들보다 빨리 성공해서 더 많은 쾌락을 누려야 한다고 생각합니다. 인생의 의미이고 목적이고 다 유치한 이야기일 뿐입니다. 죽으면 아무것도 없는데, 무엇이 의미가 있겠습니까? 그저 지금 여기서 즐기다 가면 그뿐입니다.

사실 이렇게 사는 사람들이 꽤 많습니다. 이런 사람들 가운데 이렇게 살면 인생이 허망하게 끝나리라는 걸 알아채는 경우도 있습니다. 아무리 돈을 많이 벌고 높은 자리에 올라가도 결국엔 아무것도 남지 않고 나까지도 완전히 소멸되니 허무밖에 남지 않음을 아는 것입니다. 이 허무가 너무도 커서 어찌할 줄을 모릅니다.

그러나 사후세계를 받아들이면 이야기가 달라집니다. 그때부터 의문이 봇물 터지듯 쏟아지지요.

"내가 죽은 다음에도 존재한다면 그때의 나는 어떤 모습일까? 나는 어디로 가는 것일까? 내가 이생에서 산 방법과 사후에 가는 곳이 어떤 관계가 있는 것은 아닐까? 내가 여기서 나쁜 짓을 많이 하면 종교에서 이야기하는 것처럼 지옥에 가는 것은 아닌가?"

이런 생각이 들면서 삶을 전체적으로 보고 이승에서의 삶의 의미와 목적에 관해 생각하기 시작할 것입니다. 그러면 종국에는 지금 여기에서의 삶의 양상이 크게 바뀔 수 있습니다. 삶의 태도가 더 너그럽고 여유가 생기며 다른 사람을 더 많이 배려하는 식으로 바뀔 수 있습니다. 이 때문에 우리는 사후세계에 대해 공부할 필요가 있습니다.

더 많은 정보를 원하는 사람은 다음 기관의 홈페이지를 참고하면 좋겠습니다.(Academy for Spiritual and Consciousness Studies(영과 의식 연구 아카데미), www. ascsi.org)

상당한 에너지가 필요한
두 세계의 소통

—

(지상이든 영계든 관계없이) 우리는 모두 에너지로 구성되어 있다. 이 에너지는 회전하며 일정한 속도로 진동하는 원자와 분자로 표현된다. 영혼의 에너지는 아주 빠르게 진동하지만, 몸은 훨씬 천천히 진동한다. 차원이 다른 이 두 세계 사이에는 일정한 공간gap이 있는데, 이 공간을 잘 연결해야 두 세계가 소통한다. 이것이 바로 영매가 하는 일이다.

영혼이 이 세상에 내려오려면 에너지 진동을 늦추어야 한다. 영혼의 진동은 대단히 빠르다. 헬리콥터 프로펠러가 너무 빨리 회전하여 우리 눈으로는 각각의 날개를 볼 수 없듯이 영혼의 에너지도 그렇다. 그 정도로 빨리 움직이는 것처럼 보인다는 뜻이다.

내가 영혼들과 만날 때, 영혼들은 자신의 에너지(의 진동)를 늦추고 나는 내 에너지(의 진동)를 빠르게 올린다. 소통은 그 사이 공간에서 이루어진다. 하지만 소통은 결코 쉽지 않다. 메시지도 명확하게 전달되지 않는다. 영혼들은 소통을 쉽게 만들 몸을 갖고 있지 않다. 단어를 정확하게 발음할 혀나 성대가 없다. 그 대신 영혼들은 에너지로 내 마음에 생각이나 광경, 소리를 알린다. 나는 그들의 대변자mouthpiece인 셈이다. 이 일을 처음 시작했을 때, 나는 명확한 소리를 들을 것이라고 생각했다. 하지만 내가 들는 것은 내 목소리, 좀 더 정확히 표현하면 그들의 생각과 느낌이 투영된 내 목소리임을 알았다.

서로 소통하려면 양자가 상당한 에너지를 써야 하므로, 소통은 몹시 어렵고 몇 분 이상 지속하기가 힘들다. 비유하자면, 6m 깊이의 수영장 바닥에 있는 애인을 만나러 들어가는 것과 같다. 물론 당신은 수영장 바닥으로 내려갈 수 있다. 그러나 그렇게 하려면 많은 에너지가 필요하고 몇 초 지나지 않아 다시 수면으로 올라와야 한다. 영혼과의 소통이 바로 그렇다. 오래 하지도, 명확하게 하지도 못한다.*

---

* 《One Last Time: A Psychic Medium Speaks to Those We Have Loved and Lost》, John Edward, Berkley 1999

TV 쇼에서 영혼과 소통하다

| 존 에드워드

이 인용문은 이른바 영매라는 사람들이 영혼들과 어떻게 소
통하는지를 보여줍니다. 물론 영매나 영매가 하는 일 자체
를 불신하는 사람도 많습니다. 그러나 인류 역사 이래 그런
존재가 없었던 적이 없었습니다. 어떤 형태로든 인류에게
도움을 주는 존재였기에 그들을 이해하는 일이 필요하다고
생각되어 이 책에 포함했습니다.

존 에드워드John Edward는 미국에서 꽤 유명한 영매입니다.
〈Larry King Live〉 같은 유명한 TV 쇼에 나가기도 하고, 자
신이 직접 진행하는 TV 쇼를 만들기도 했습니다. 앞에서 인
용한 책을 써서 자신이 하는 일을 소상하게 알림으로써 많은
인기를 끌기도 했습니다. 이 책을 읽어보면 상당히 차분하고
진지한 사람임을 알 수 있습니다.

에드워드 같은 영매들은 전혀 사전 정보를 얻지 않고 어떤 영
과 접촉해 그 영이 전하는 것을 상담자에게 알립니다. 예를
들면, 상담자에게 대강 어떻게 생긴 영이 왔는데 부친의 이미
지였다고 말합니다. 그리고는 사실 여부를 확인하지요, 그다
음 'J'와 비슷한 음이 들리는데, 부친 이름에 J가 들어가느냐고
묻습니다. 상담자가 'James'라고 대답하면 부친의 영이 온 것
으로 간주하고 그 영과 대화가 이루어집니다.

TV 쇼에서는 이렇게 진행됩니다. 우선 에드워드는 자신에게

가장 먼저 온 영혼이 전하는 정보를 이야기합니다. 전형적인 예를 들자면, 에드워드는 방청석을 향하여 '친지 중에 심장마비로 죽은 방청객이 있습니까?' 하고 묻습니다. 이 경우 영매는 심장이 멎는 듯한 고통을 느껴 망자의 사인死因이 심장과 관계가 있다는 것을 알게 됩니다. 그런 일이 있는 방청객이 손을 들면, 그는 에드워드를 통해 나타난 영혼과 대화를 시작합니다. 어떤 때는 영혼이 특별히 한 사람을 지목해 바로 대화를 진행하기도 합니다. 이런 모습은 유튜브에서 쉽게 찾아볼 수 있습니다.

사람들은 무당이나 영매가 영과 대화할 때 지상에서 대화하듯이 평이하게 하는 줄로 착각합니다. 〈사랑과 영혼〉 같은 영화를 보면, 영매가 아주 쉽게 영혼들과 대화하는데 실상은 그렇지 않은 모양입니다. 위 인용문은 영과 소통하기가 쉽지 않음을 아주 실감 나게 표현합니다.

우선 에드워드는 영혼의 진동이 굉장히 빠르다고 합니다. 이것은 익히 듣던 소리고, 이해하기에도 어렵지 않습니다. 영이 일종의 에너지라면 물질보다 진동이 빠른 것은 당연하기 때문입니다. 그런데 이를 설명하기 위해 에드워드가 든 비유가 기발합니다. 영혼의 파동이 얼마나 빠르게 움직이는가를 헬리콥터의 프로펠러가 빨리 도는 것에 비유했지요. 프로펠러가 회전할 때 날개를 볼 수 없는 것처럼 영도 움직임이 빨라 잘 보이지 않는다고 한 것입니다.

영혼들이 사람들과 잘 소통하지 못하는 것은 바로 이 때문이라고 합니다. 영혼의 존재에 회의적인 사람들은 우리 모두가 죽어 영혼이 된다면 왜 망자들이 우리에게 소식을 전하지 않느냐고 묻습니다. 망자들의 영혼이 '우리는 영계에서 잘 있다'고 소식을 전하면 영혼이나 사후세계의 존재를 믿을 텐데 왜 아무 전갈이 없느냐고 합니다. 아무 소식이 없는 것을 보니 영혼이나 사후세계는 존재하지 않는다는 것이 그들이 주장입니다.

그러나 에드워드에 따르면 영혼들은 진동이 빨라 진동이 낮은 물질로 구성된 지상으로 내려오는 일이 결코 쉽지 않다고 합니다. 게다가 영혼의 노력 외에도 지상에 있는 사람의 노력도 필요합니다. 진동수를 빠르게 올려야 하는데, 보통 사람들은 하기 어렵습니다. 그래서 영매라는 존재가 그 일을 대신하는 것입니다.

이런 상황은 조지 미크George W. Meek의 《After We Die, What Then?(죽은 다음에 우리는 어떻게 될까?)》라는 책에서 적나라한 실례를 볼 수 있습니다. 미크는 동료들과 사후세계와 초자연적 현상을 연구하고 있었습니다. 그들은 누구든지 먼저 타계하면 지상에 남아 있는 동료들에게 영계 소식을 반드시 전하자고 약속했습니다. 그런데 실제로 그런 일이 벌어졌습니다. 한 사람이 세상을 떠나자 생존자들은 미리 정해 놓은 영매를 통해 그와 접촉하려 했습니다.

그러나 순탄하게 진행되지 않았습니다. 망자의 영혼과 접속하는 것이 쉽지 않았기 때문입니다. 망자의 영혼에 따르면, 자신의 진동을 낮춰서 영매와 접속하는 일이 쉽지 않았다고 합니다. 그는 이것을 다음과 같이 비유로 설명했습니다. 용량이 작은 변압기에 전압이 그보다 수십 배 높은 전류를 흘려보내는 것과 같다는 것입니다. 잘못되면 변압기가 터지듯이 영매도 다칠 수 있다고 합니다. 이런 이유로 그들의 시도는 원활히 진행되지 않았다고 합니다.

이와 비슷한 일이 에드워드에게도 있었습니다. 그가 진동수를 올려도 쉽게 접속되지 않는다고 합니다. 영혼이 자신의 진동을 늦추고 에드워드가 진동을 높여도 망자의 영혼과 그의 의식 사이에는 공간이 있기 때문입니다. 그 공간 때문에 영혼의 말은 깨끗하게 들리지 않는다고 합니다. 사람 이름을 말할 때도 'S'나 'J' 같은 이니셜만 들리지 이름 전체를 온전히 들을 수 없다고 합니다(물론 이름 전체를 듣는 경우도 있지만). 그리고 아주 멀리서 들리는 것처럼 작게 들리는 경우도 많다고 합니다.

이미지를 보여줄 때도 영상을 전체적으로 보여주는 것이 아니라 상징적인 부분만 간단하게 보여준다고 합니다. 그래서 이미지를 해석하는 것은 영매의 능력에 달렸다고 합니다. 예를 들어 영혼이 차를 보여주면, 대부분은 그 영혼이 차 사고로 죽은 것을 의미한다고 합니다. 그러다 2라는 숫자를 보여주면 두 사람이 같이 죽었음을 뜻하는 경우가 많다고 하네요. 그런데 숫자를 해석하는 일이 쉽지 않은 모양입니다. 예를 들어 영혼이 사고가 난 시점과 관계해서 7이라는 숫자를 보여주면, 그것이 7월에 사고를 당했다는 것인지, 7년 전이라는 것인지는 잘 모른다고요. 이럴 때 영매는 상담자와 대화하여 그 숫자의 비밀을 풉니다. 그의 책에는 이처럼 영들이 뜬금없는 것들을 갑자기 보여주어 에드워드가 해석하는 데 어려움을 겪는 사례가 많이 나옵니다.

영매들의 이런 작업을 비판하는 사람도 많습니다. 그 가운데 가장 유명한 사람은 제임스 랜디James Randi 로, 자신에게 초능력을 입증하면 100만 달러를 주겠다고 약속하기도 했습니다. 랜디는 에드워드의 어떤 리딩을 분석했는데, 그 결과에 따르면 에드워드는 23개의 질문 가운데 불과 3개밖에 맞히지 못했고, 그 맞힌 3개도 하찮은 것들이었다고 합니다. 우리는 여기서 어떤

편에 설 필요는 없을 것입니다. 양쪽 말을 다 듣고 각자
판단을 내리면 되겠지요.

5

또
다른 생의
삶

전생과 환생

인생의 고난은
성장이 목적이다

—

그녀(로버트 슈워츠가 만난 영매)는 우리 모두에게 비물질 존재인 수호령이 있으며, 우리가 환생하기 전에 우리 삶을 계획한다고 했다. 나는 그녀를 통해 내 수호령들이 내가 한 일은 물론이고 생각하고 느낀 것을 모두 알고 있음을 알았다. (중략)

내 수호령들은 이번 생에 내가 겪은 주요한 도전들이 태어나기 전에 이미 계획되었다고 알려주었다. 이 도전들은 나를 고생시키려고 한 것이 아니라 성장시키기 위한 것이었다. 나는 이 사실을 알고 격양되었다. 나는 태어나기 전의 계획에 관해서는 전혀 몰랐지만, 그들 이야기가 맞는다는 걸 직관적으로 알았기 때문이다.

이제 나는 인간이 몸 이상의 존재라는 가장 근본적인 진리를 이해할 수 있다. 만일 장애인으로 태어난 어떤 사람이 이 생이 유일하며 자신이 이 몸 외에 아무것도 아니라고 생각한다면 비참한 절망감만 남을 것이다. 그러나 자신이 영원한 영혼임을 안다면 완전히 다른 삶이 펼쳐질 수 있다. 더 나아가 그 장애를 스스로 계획했으며 그 안에 깊은 의미가 있다는 것을 안다면 그의 인생은 그 의미를 밝히는 탐구 여정이 될 수 있다. 그렇게 되면 고통은 가벼

워지고 공허함은 목적의식으로 바뀔 것이다.

나는 인생의 모든 도전이 다른 개연성 없이 전부 계획되었다고 주장하는 것은 아니다. 우리는 자유의지를 갖고 태어난다. 그래서 계획되지 않은 도전을 만들어낼 자유의지도 있다.*

* 《Your Soul's Plan: Discovering the Real Meaning of the Life You Planned Before You Were Born》, Robert Schwartz, Frog Books 2009

우리는 태어나기 전에 인생 계획을 미리 세운다
| 로버트 슈워츠

로버트 슈워츠Robert Schwartz는 이쪽 세계에서 매우 특이한 존재입니다. 이 계통(사후세계를 연구하는 그룹)에 몸담은 사람들은 각기 자신의 전공이 있습니다. 예를 들어 구겐하임은 '사후통신'을 집중해서 연구하며 강의하고, 웜백이나 뉴턴은 역행최면으로 사후세계나 전생을 탐구합니다. 그에 비해 슈워츠는 영혼들이 이 세상에 태어나기 전에 미리 계획을 세운다는 점을 강조합니다. 우리는 영혼의 상태에서 수호령이나 다른 고급령들과 함께 우리가 지상에서 맞이하게 될 삶을 계획한다고 합니다.

이런 이야기를 처음 듣는 사람들은 어리둥절해 할지 모릅니다. 영혼이나 사후세계의 존재조차 믿기 어려운 판에 우리가 살면서 겪는 사건들이 태어나기 전에 다 계획되었다고 하니 말입니다. 그것도 수호령과 다른 고급 영들과 함께 계획했다고 하니 더 믿기 어렵습니다. 이런 주장을 담은 그의 책 《Courageous Souls: Do We Plan Our Life Challenges Before Birth?》(한국에 번역 출간된 제목은 《웰컴 투 지구별》)은 약 20개국에서 출간되었고, 전 세계적인 반향을 불러일으켰습니다.

사실 슈워츠는 원래 이런 데 전혀 관심이 없었습니다. 우연히 영매들과 접촉하면서 그는 놀라운 사실을 알게 되었습니다. 그의 수호령들이 그가 해온 일은 물론이고 그가 속으로 생각한 것조차도 다 알고 있었던 것입니다. 그뿐만 아니라 이번 생에 겪은 모든 일이 사실은 본인이 이 지상에 태어나기 전에 수호령들과 같이 계획한 것이라는 사실도 알게 되었습니다.

　이 경험 후 그는 만사를 제쳐놓고 이 일에 뛰어들어 연구하기 시작했습니다. 그 결과를 위에서 인용한 책으로 냈는데, 이 책은 그동안 그가 '라이프 리딩'을 해준 상담자들의 사례를 다루고 있습니다. 이 가운데는 에이즈에 걸린 사람, 약물 중독자, 시각 장애자, 폭발 사고로 불구가 된 사람 등이 있는데, 이들의 수호령들과 이야기하면서 그들이 이렇게 된 것은 모두 본인이 계획한 것임을 알게 됩니다. 그러니까 이 세상에 태어나기 전 영의 상태에서 이 사건이 생기게끔 계획해서 왔다는 것입니다. 이 책에는 우편물 폭발 사고로 크게 다쳐 불구가 된 여성 이야기가 나오는데, 우연으로 보이는 이런 사건도 사실은 모두 자신이 계획했다는 것입니다.

　더 놀라운 것은 당사자가 이 계획을 세울 때 이 일에 등장하게 될 사람들의 영혼과 만나 역할을 분담했다는 것입니다. 약물 중독으로 이번 생에 무척 괴롭게 사는 사람의 경우도 당연히 자신이 미리 계획한 것인데, 놀랍게도 그 약물을 가장 먼저 권한 사람은 가장 가까운 친구였습니다. 당사자에게 약물을 권함으로써 악의 소굴에 빠트렸으니 아주 나쁜 친구이지만, 외려 그가 소울 메이트라는 것입니다. 슈워츠는 그가 약물 중독이 된 것은 자신이 계획한 것이고, 그를 그 길로 가게 만드는 중요한 일을 가장 믿음직한 친구에게 맡긴 것이라고 설명합니다. 이 이야기는 나름 일리 있어 보입니다.

왜 우리는 스스로 이런 고통스러운 사건을 계획하고 태어나는 것일까요? 이렇게 장애나 큰 사건을 계획하는 것은 상당히 어려운 일입니다. 엄청난 고통이 따르기 때문입니다. 그럼에도 불구하고 생을 이렇게 디자인하는 것은 그 장애나 사건을 통해 큰 진보를 이룰 수 있기 때문이라고 합니다. 따라서 이런 관점으로 보면 우리에게 어떤 장애가 와도 좌절해서는 안 됩니다. 이유는 단순합니다. 자신이 계획한 것이기 때문입니다. 대신 우리는 왜 이런 장애를 겪도록 계획했는지 그 의미를 알아야 합니다. 그러면 비장애인들과는 비교할 수 없이 크고 빠른 진보와 성숙을 이룰 수 있습니다.

저자는 이 이야기를 듣고 결정론에 빠질까 두려워 자유의지의 중요성 역시 강조합니다. 우리는 자유의지가 있어 미리 계획했어도 본인이 따르기 싫으면 이행하지 않을 수 있다고 합니다. 또 계획하지 않은 일도 자유의지로 만들어낼 수 있다고 주장합니다. 나도 이 의견에 동의합니다. 하지만 사람들은 그다지 자유의지를 제대로 발휘하는 것 같지 않습니다. 자신은 자유의지로 어떤 일을 택했다고 하지만, 대부분은 이미 정해진 사건인 듯합니다. 이것은 결코 결정론이 아닙니다. 모든 일이 결정되어 있다는 게 아니라 인과론에 따라 일어난다는 것입니다. 인과론은 모든 일이 결정되어 있다고 주장하는 게 아니라 결과가 있으면 거기에는 반드시 원인이 있다고 주장합니다.

내가 또 동의할 수 없는 것은 우리 생이 모두 우리가 계획한 것이라는 부분입니다. 슈워츠는 우리가 태어나기 전에 세세한 사건들까지 모두 계획하고 왔다고 주장합니다. 하지만 그렇게 정신 차리고 주체적으로 사는 사람은 그리 많지 않아 보입니다. 자기 생을 디자인하기보다는 남들이 하는 대로 휩쓸려 사는 사람이 훨씬 더 많으니, 이런 사람들이 어떻게 자기 삶을 용의주도하게 계획했다고 할 수 있겠습니까? 많은 사람이 별생각 없이 자신의 업보에 따라 그냥 휩쓸려 태어나고 또 태어나는 일을 반복하는 것으로 보입니다. 우리가 이런 공부를 하는 것은 바로 삶을 주체적으로 살기 위해서입니다.

지혜의 영원한 바다에
이르기까지

—

큰 강은 거대한 바다에 합류하기 전 자기 길을 따라 흐른다. 마찬가지로 우리 영혼도 (수차례의 환생을 겪으면서) 다양한 길을 걷고 또 수많은 무대에 선다. 그 과정을 통해 우리 영혼은 여기저기서 엄청난 지식을 얻는다. 영혼은 지혜의 영원한 바다eternal ocean of wisdom에 이를 때까지 자신을 표현하고 정화하면서 자신이 가는 길을 확장할 것이다.*

—

* 《Nosso Lar》, Francisco Candido Xavier, Edicei of America 2011

브라질의 신비가이자 예언가

| 치코 자비에르

치코 자비에르Chico Xavier(1910~2002)는 국내에 전혀 알려지지 않았지만, 대단히 유명한 브라질의 예언자이자 영능력자이자 영매입니다. '치코'는 '프란체스코'의 포르투갈식 별명이라고 합니다. 그는 영혼들과 소통하면서 예언이나 설법을 하고, 60년 동안 약 450권의 책을 썼습니다. 이렇게 책을 많이 쓴 것은 모두 영혼들에게서 들은 것을 적었기 때문에 가능했을 것입니다. 그의 책은 약 5,000만 권이 팔렸다고 하니 엄청난 베스트셀러 작가라고 할 수 있겠습니다. 그가 번 인세는 모두 자선에 썼다고 합니다.

인용된 글의 핵심은 우리 인간은 끊임없는 환생을 통해 계속 배워야 하며 마지막에 큰 지혜의 바다에 도달해야 한다는 것입니다. 이를 두고 브라이언 와이스Brian L. Weiss는 지구 학교를 졸업하는 것이라고 표현했습니다. 치코는 자신의 수호령이 에마누엘인데, 로마 시대에는 퍼블리우스 렌투루스라는 원로회 의원으로 환생했고, 스페인에서는 다미엔 신부로, 소르본에서는 대학교수로 환생한 적이 있었다고 합니다.

치코의 수많은 책 가운데 여기서 소개하는 《Nosso Lar》는 '우리 집' 혹은 '본향'이라는 뜻입니다. 1944년에 출간되었는데, 유럽 주요 나라에서 번역되었고 아시아에선 일본에서 나왔습니다. 이 책의 내용은 '안드레 루이즈'라는 영혼이 치코에게 전한 것으로 루이즈의 영혼이 영계에서 겪은 일입니다. 루이즈는 20세기 초의 실제 인물로 직업은 의사였습니다. 우리나라에서는 이 책이 번역되지 않았지만, 마침 2010년에 영화로 만들어져 그 전모를 알 수 있게 되었습니다.

이 영화의 제목은 〈아스트랄 시티Astral City〉입니다. 유튜브에서 'Our Home'으로 찾으면 됩니다. 나는 이 영화를 보고 엄청나게 놀랐습니다. 영계를 이렇게 정확하게 묘사한 영화는 처음이었기 때문입니다. 영계를 묘사한 영화 가운데 가장 많이 알려진 것은 로빈 윌리엄스 주연의 〈천국보다 아름다운What Dreams May Come〉인데, 이 영화와는 차원이 달랐습니다. 〈천국보다 아름다운〉에는 픽션이 많이 포함되어 있었지만, 〈아스트랄 시티〉는 흡사 다큐멘터리를 보는 듯 표현이 사실적이었습니다.

영화의 주인공인 의사 루이즈는 매우 이기적으로 생활하다가 갑자기 죽음을 맞이합니다. 그가 먼저 간 곳은 종착지인 '노소 라르(우리 집)'가 아니고 일종의 중간 지대였습니다. 스베덴보리도 사람은 갓 몸을 벗은 다음 일단 중간 지대에 간다고 한 적이 있습니다. 그는 지상에서 이기적인 삶을 산 탓에 매우 어둡고 더러운 물이 흐르는 진흙탕 같은 곳에서 지내게 됩니다. 그곳에는 그와 비슷한 이기적인 영혼들이 모여 있었습니다.

그곳에서 고생하던 주인공은 마침내 회개하고 자신을 구해달라고 진심으로 기도합니다. 그러자 흰옷을 입은 빛나는 영혼들이 들것을 들고 나타납니다. 본향에서 구조대가 도착한 것이지요. 이 구조대는 그를 들것에 실어 밝은 곳으로 데려갑니다. 구조대는 그곳에 있는 다른 영혼들에게도 같이 가자고 제안합니다. 하지만 이 영혼들은 가기 싫다고 소리 지르면서 멀리합니다. 그들이 진정으로 자신의 구원을 바란다면 곧 상위 영혼에게 도움 받을 수 있는데, 그들 스스로 이를 거부하는 것입니다.

본향에 도착한 루이즈는 우선 치료를 받습니다. 중간 지대에서 너무 많은 내상을 입었기 때문입니다. 치료가 끝나자 루이즈는 의사답게 다른 영혼들을 치료하는 일을 합니다. 그가 살게 된 곳은 도시 같았습니다. 병원은 물론이고 관청 건물과 도서관 같은 것도 있습니다. 그곳에서는 많은 영혼들이 공부하거나 일을 하면서 각자의 진보를 꾀하면서 살고 있었습니다.

그런데 아주 실감 나는 장면이 나옵니다. 루이즈의 어머니가 그를 방문한 것이지요. 어머니는 그보다 급이 높은 영혼이어서 다른 곳에서 삽니다. 더 높은 곳, 정확히 말하면 파동이 빠른 곳에서 살고 있었던 것입니다. 영계 법칙이 또 나왔습니다. 파동이 낮은 영역에서는 높은 영역으로 갈 수 없고 오직 높은 영역에서 내려오는 것만 가능하다는 법칙 말입니다. 스베덴보리는 낮은 영역에서 높은 영역을 쳐다보면 안개나 구름이 낀 듯이 보인다고 했습니다. 그래서 높은 영역에 있던 모친이 아들을 만나러 내려온 것입니다. 이처럼 이 영화는 영계를 아주 사실적으로 그리고 있습니다.

이 영화에 관한 정보는 'AfterlifeTV.com'에서 이 영화를 만든 감독과 밥 올슨이 대담한 영상을 보면 더 자세히 알 수 있습니다.

전생을 기억하는
아이들

—

전생을 기억한다는 아이들을 연구하면서 나는 그 아이들
이 환생했을 것이라고 더 확신하게 되었다. 동시에 인간
의 윤회에 대해서도 우리는 아무것도 모르고 있다는 것을
확신하게 되었다.

우리는 그동안의 연구에서 (인간이 환생한다는 것을 증명
할 수 있는) 분명하고 유력한 증거를 많이 발견했다. 이 분
야에서 괄목할 만한 발전을 이룬 것이다. 그 덕택에 인간
의 마음과 몸은 별개임을 알 수 있었다. 우리가 지상에 사
는 동안에는 이 둘이 결합하지만, 그 이후는 그렇지 않음
이 확실하다.

우리가 연구한 여러 사례를 설명하는 최고의 선택은(유일
한 방법은 아니지만) 인간이 윤회한다는 것을 받아들이는
것이다. 다시 말해 인간이 윤회해야 지금까지 연구한 것
들이 설명된다.*

—

* 《Children Who Remember Previous Lives》, Ian Stevenson, McFarland
2000

아이들을 연구하여 인간의 환생을 밝히다

| 이안 스티븐슨

이안 스티븐슨Ian Stevenson(1918~2007)은 미국 버지니아 의과 대학의 정신과에서 수십 년 일하면서 윤회에 대해 집중적으로 연구한 학자입니다. 인간의 윤회나 환생에 관해 스티븐슨처럼 광범위하고 주도면밀하게 연구한 학자는 없었습니다. 40년 동안 전 세계에서 사례를 수집해 이 주제를 연구했으니, 타의 추종을 불허할 것입니다.

왜 정신과 의사가 서양 정신의학에서는 금기 사안이나 다름 없는 윤회에 대해 이리도 집요하게 연구했을까요? 이런 주제를 연구하는 정신과 의사라면 주류 사회에서 이른바 '왕따'를 당할 수도 있습니다. 그런데도 스티븐슨은 굴하지 않고 40여 년을 연구했습니다. 연구한 이유는 정확히 알 수 없습니다. 본인이 그 이유를 말하지 않았으니까요.

하지만 그는 인간이 갖는 육체적 특징과 정신적 특징이 어디에서 비롯되었는가에 대해 특히 관심이 많았습니다. 사람마다 육체와 정신이 다르게 나타나는 이유가 궁금했던 것입니다. 유전자 이론과 환경 영향론으로 대부분 설명할 수 있지만, 그 이론들로 설명할 수 없는 경우는 윤회로 설명하는 것이 가장 적절하다고 보았습니다.

예를 들어, 어떤 사람이 물에 과다한 공포증을 갖고 있었는데 공포의 원인을 찾을 수 없었습니다. 전생을 조사해보니 그는 마지막 생에 물에 빠져 죽음으로써 생을 마감한 것으로 드러 났습니다. 그래서 현생의 물 공포증은 바로 직전 생의 경험 에서 비롯되었다고 추정했습니다. 신기한 것은 전생으로 가 서 원인을 찾아내면 이 사람의 증상이 나았다는 것입니다.

인간이 윤회한다는 사실을 절감한 스티븐슨은 연구 방법에 대해 고민한 끝에 전생을 기억하는 아이들을 대상으로 연구 하기로 했습니다. 이유는 단순합니다. 검증할 수 있기 때문 입니다. 윤회를 증명할 때 가장 많이 하는 방법은 역행최면 을 하는 것인데, 이 방법은 검증할 방법이 없는 것이 가장 큰 약점입니다. 어떤 사람이 이전 생에서 로마에 살았다고 한다 면 그것을 검증할 방법이 없으니까요.

어떤 아이가 말문이 터졌을 무렵, '나한테 아내가 있 는데 어떤 마을에 사는 누구다'라고 했다고 칩시다. 그 리고 엄마를 보고는 '당신은 내 엄마가 아니야, 진짜 엄 마는 지금 어떤 도시에 사는데 이름은 이러하고, 내 형 제자매도 여럿이 있어'라고 말했다고 합시다.

처음에는 이 아이의 말이 황당하게 들릴 것입니다. 그런데 아이가 계속해서 같은 사실을 이야기하고 그 주장이 사실적으로 들리면 생각이 달라집니다. 속는 셈 치고 아이가 말했던 집에 가서 확인해 보니 모두 사 실이었습니다. 아이를 직접 데려가니 그 집 식구들을 다 알아보고 집안 구석구석도 훤히 알고 있었습니다.

이것은 있을 수 없는 초자연적 현상이라 스티븐슨은 이 현상을 어떻게 설명할 수 있을지 골몰했습니다. 연구 결과 여러 방법 가운데 인간이 윤회한다는 가정이 최선이 아닐까 하는 주장을 하게 된 것입니다.

스티븐슨은 처음에는 윤회 사상을 받아들이는 문화권에 속한 나라들인 인도나 동남아시아 국가에서 사례를 모았습니다. 이들 나라에서 전생을 기억하는 아이들을 찾아낸 것입니다. 이 아이들은 서너 살 즈음 말을 시작할 때 자신의 전생 이야기를 했습니다. 아이들은 직전 생에 죽었다가 다시 태어난 지 얼마 되지 않았기 때문에 전생의 가족들을 어렵지 않게 찾을 수 있었습니다. 게다가 전생에 살았던 곳이 현재 사는 마을에서 그다지 멀리 떨어져 있지 않았기 때문에 확인하는 일도 어렵지 않았습니다. 스티븐슨은 직접 그곳에 가서 매우 꼼꼼하게 검증했습니다. 많은 부분이 사실로 드러났지요.[*]

스티븐슨이 말년에 집중해서 연구한 것은 몸에 남은 전생의 흔적에 관한 것입니다. 사람이 전생에서 어떤 사고로 죽었다면, 그때 입은 상처의 흔적이 다음 생의

---

[*] 자세한 것은 졸저 《인간은 분명 환생한다》(주류성 2017)를 참고해주면 좋겠다. 이 책은 스티븐슨의 주요 연구를 총정리하고 비판적으로 분석했다.

몸에도 유사하게 나타난다고 합니다. 예를 들어 머리에 총을 맞고 죽은 사람은 이번 생의 몸에도 총알이 들어왔다가 나간 흔적이 남아 있다는 것입니다. 그는 이런 사례들을 조사해 《Reincarnation and Biology(환생과 생물학)》라는 책을 썼는데, 2,200쪽에 달하는 방대한 분량입니다. 스티븐슨이 수집한 사례는 2,500건 정도로 버지니아 대학에 보관되어 있으며, 제자인 짐 터커 Jim Tucker 박사가 이어서 연구하고 있습니다.

스티븐슨은 많은 연구를 했지만 인간은 윤회한다고 주장하지는 않았습니다. 대신 윤회한다고 보는 것이 가장 좋은 설명이라는 식으로 자신의 의견을 피력했습니다. 학자로서 객관적인 태도를 끝까지 고수한 것입니다. 그는 사용하는 용어도 매우 중립적인 것을 썼습니다. 기존 용어들은 너무 많은 의미로 쓰이고 있어 오해가 생길 것을 우려해 피하려 했던 것입니다. 그 예를 들어 보면, 영혼을 뜻하는 가장 흔한 용어인 'spirit'이나 'soul' 대신 'discarnate personality', 즉 '육체가 없는 인격체'라는 용어를 썼습니다. spirit이나 soul이 너무도 다양하고 광범위하게 쓰였기에 피한 것으로 보입니다. 전생의 인격도 'previous personality'라는 객관적인 용어로, 영계도 'mental space'로 명명했습니다. 그리고 영혼에는 전생의 기억이 다 담겨 있기에, 이 매체를 '사이코포어psychophore'라는 새로운 용어를 만들어 부르기도 했습니다. 사이코포어는 'mind-carrying' 혹은 'soul-bearing' 같은 기능을 하는데, 어떤 때는 중간 운반체라는 뜻에서 'intermediate vehicle'이라고 부르기도 했습니다. 이렇게 기억이 전달되는 모습을 '죽음을 통과해 운반되는carried through death' 즉 '디아타나틱diathanatic'이라는 용어로 묘사하기도 했습니다.

그런데 앞의 인용문에서 자신은 인간의 윤회에 관해 아는 것이 없다고 했습니다. 이렇게 많은 연구를 했는데도 아는 것이 없다고 한 것은 과연 무슨 의미일까요? 이것은 아마도 카르마가 어떻게 운용되는지를 잘 모르기 때문에 한 말 같습니다. 많은 윤회의 모습을 보면서도 사람들이 도대체 어떤 카르마의 힘에 의해 특정 집안에 태어나고 특별한 일을 겪으며 또 사람들과 인연을 만드는지 잘 모르겠기에 그렇게 표현한 것 같습니다. 그가 연구하기 위해 모은 사례들을 보면, 도대체 어떤 카르마에 의해 다음 생의 제반 조건들이 만들어지는지 잘 알 수 없는 경우가 태반이었습니다.

그럼에도 불구하고 그의 연구는 독보적입니다. 인류 역사 이래 인간의 환생 문제를 이렇게 전문적이고 학술적인 방법으로 광범위하게 연구한 사례가 없기 때문입니다. 앞으로 그의 연구를 정리하는 데도 많은 세월이

걸릴 듯합니다. 한국 학계에도 그의 연구가 제대로 반영되었으면 하는 바람입니다.

모든 아이는
지혜와 경험을 갖고 태어난다

—

어떤 아이에게 전생이 있었음을 사실로 받아들인다면, 우리는 앞으로 모든 아이를 대할 때 지금까지와는 다르게 접근하게 된다. 그리고 어린이에 대한 정의도 자연스럽게 바뀔 것이다. 아이들이 몸이 작고 수도꼭지도 틀지 못하며 신발 끈도 매지 못한다는 이유로 우리보다 열등한 존재로 보면 안 된다. (전생 탐구를 통해) 우리는 아이들이 유전이나 환경으로 태어난 생물학적인 존재에 불과한 것이 아니라 그 이상의 존재임을 알았기 때문이다.

아이들은 영적 존재이고, 많은 전생을 겪으면서 어렵게 얻은 지혜와 경험을 갖고 태어났다.*

—

* 《Children's Past Lives: How Past Life Memories Affect Your Child》, Carol Bowman, Bantam 1998

전생 때문에 고통 겪는 아이들을 치유하다

| 캐럴 보먼

캐럴 보먼Carol Bowman은 이 분야에서 아주 특이한 경력을 가진 사람입니다. 두 자녀의 엄마로 매우 평범한 주부인 그는 전생이니 역행최면이니 윤회니 하는 것에 전혀 관심이 없었습니다. 그러다 우연한 기회에 자식들을 최면하면서 놀라운 경험을 하게 됩니다. 다섯 살밖에 안 된 어린 아들이 최면 상태에서 남북전쟁 때 군인으로 참가했다가 죽은 전생을 기억한 것입니다. 아들의 설명이 너무도 정확해 역사학자들도 진실성을 인정할 수밖에 없었습니다.

더 놀라운 것은 최면 후 아들의 만성 습진과 큰 소음에 대한 공포증이 사라진 것입니다. 아들의 손목에는 이상하게 치료되지 않는 습진이 있었는데, 최면 상태에서 보니 남북전쟁 당시 총에 맞은 곳이었습니다. 또 큰 소리를 무서워했는데 이 역시 최면에서 그 원인을 알게 되었습니다. 남북전쟁 당시 전장에서 들었던 대포 소리를 두려워했던 것입니다. 그는 억지로 참전했지만 계속 두려움에 떨다가 손목에 총을 맞고 죽었으니 두 가지가 겹친 것입니다. 죽는 당시에 겪은 두 사건이 이번 생으로까지 넘어와 그를 괴롭힌 것입니다.

여기서 관심을 끄는 것은 손목의 상처입니다. 전생에 입은 상처가 현생의 몸에 흔적을 남기는 현상은 이안 스티븐슨의 주요 연구 주제였습니다. 그 연구 결과를 모아 펴낸 책이

《Reincarnation and Biology(환생과 생물학)》입니다. 보면은 최면도 배우고 스티븐슨이나 윔백의 책들을 보며 독학했습니다. 그렇게 독학해서 연구한 것을 정리한 것이 《Children's Past Lives: How Past Life Memories Affect Your Child(어린 아이들의 전생: 전생의 기억이 아이들에게 미치는 영향에 대해)》입니다. 이 분야를 전공하지 않은 가정주부가 독학으로 어떻게 이런 책을 낼 수 있었는지 놀랍기만 합니다.

그는 이 책에서 아예 한 장을 할애해 스티븐슨의 연구를 소개합니다. 그런데 그는 학자들의 이 같은 연구에 대해 작은 불만을 품고 있었습니다. 아이들이 전생에서 겪은 일 때문에 힘들어한다면 왜 고쳐주지 않느냐는 것이었지요. 간단한 역행최면만으로도 전생에서 겪었던 사건 때문에 생긴 공포 같은 것을 없앨 수 있는데 왜 그렇게 하지 않느냐는 것이었습니다. 이것은 다소 과한 주문이라 하겠습니다. 학자는 연구할 뿐이지 그것을 행동으로 옮기지는 않기 때문입니다.

그러나 보면은 엄마답게 움직이기 시작했습니다. 직접 최면을 배운 것도 그 때문이었습니다. 주변을 살펴보니 의외로 전생의 사건 때문에 고생하는 아이들이 많은 것을 발견했습니다. 그 가운데는 제2차 세계대전 때 유대인 포로수용소에 갇혀 말할 수 없이 큰 고통을 겪다 죽은 아이도 있었습니다. 그는 이런 아이들을 최면으로 고쳐주었고, 그런 사례들을 모아 이 책을 쓴 것입니다.

앞의 인용문은 아이들을 최면해서 얻은 새로운 지식에 관한 것입니다. 이 새로운 지식은 간단합니다. 아이의 지금 상태만 보고 아이를 대하지 말라는 것입니다. 다시 말해 아이가 어리니까 수준 낮은 인간처럼 대하지 말라는 것이죠. 어떤 아이든 수많은 환생을 통해 여기까지 왔으니, 그의 생물학적인 나이는 별 의미가 없다고 본 것입니다. 많은 생을 거치면서 얻은 지식과 정보들이 다 이 아이 안에 저장되어 있으니 그에 합당한 대우를 해야 한다는 것입니다.

스티븐슨이나 터커의 책에도 이런 생각을 반영하는 예가 많습니다. 다음과 같은 이야기는 전형적입니다. 엄마가 어린 아들의 기저귀를 갈아주고 있는데, 느닷없이 이 아이가 '지난번에는 내가 엄마 기저귀를 갈아주었는데…' 하더라는 것입니다. 이 아이는 전생을 기억하는 아이였습니다. 조사해보았더니 이 아이의 할아버지가 이 아이로 환생한 것으로 드러났습니다. 전생에는 아이가 이 엄마의 아버지였던 것이죠.

엄마가 만일 이 사실을 받아들인다면 아이를 그저 어린애처럼 대하지 못하겠지요. 전생의 아버지였으니 그에 합당한 태도로 이 아이를 대하지 않았을까요. 이렇게 생각한다면, 우리는 인간에 대해 다르게 이해해야 합니다. 사람을 나이 같은 외적 요소로 판단하지 말고 내적 성숙도를 보아야 합니다. 그러면 인간을 모두 평등하게 대할 것이고 나이와 관계없이 그 내면의 진짜 모습을 보게 될 것입니다. 이것은 매우 진취적인 생각으로 전 사회에서 실행된다면 지금보다 더 좋은 사회가 올 것입니다. 아직도 장유유서長幼有序에 목매는 한국인에게는 좋은 본보기가 되지 않을까 합니다.

6

다시
삶을 위한
죽음의 교훈

삶의 성찰

우리 의식에는
시작도 끝도 없다
—

우리는 다음과 같은 결론을 내릴 수밖에 없다. 우리 의식은 우리가 태어나기 전부터 존재했고 죽은 후에도 육체와는 별도로 살아 있다. 죽은 뒤 우리 의식은 시간과 장소 개념이 없는 비국지적nonlocal(어디 한 군데에 제한되지 않는) 공간에 존재한다. 비국지적 의식 이론에 따르면, 우리 의식은 시작도 끝도 없다.

죽음이 모든 것의 끝이라고 생각한다면, 사람들은 덧없고 물질적이며 눈에 보이는 것에만 자신을 투자할 것이다. 그리고 환경, 즉 우리 후손의 미래에는 별 관심을 갖지 않을 것이다.[*]

—

[*] 《Consciousness Beyond Life: The Science of the Near-Death Experience》, Pim van Lommel, HarperOne 2011

최초로 근사체험 논문을 의학 학술지에 게재하다
| 핌 반 롬멜

핌 반 롬멜Pim van Lommel은 이 분야에서 무척 중요한 인물입니다. 네덜란드의 저명한 심장전문의로, 의사로서는 세계 최초로 인간의 영혼과 사후세계가 존재할 수 있다는 논문을 의학전문지에 실었습니다. 그는 2001년에 「Near-death experience in survivors of cardiac arrest: a prospective study in the Netherlands(심장 정지 후 회생한 사람의 근사체험: 네덜란드에서의 전향적 연구)」라는 제목의 논문을 세계 3대 의학 학술지인 〈랜싯Lancet〉 358호에 게재했습니다. 나중에 이 논문을 보충해《Consciousness Beyond Life: The Science of the Near-Death-Experience(생명 너머의 의식: 근사체험과학)》라는 저서로 출간했습니다.

이 일이 중요한 것은 인간 의식은 뇌가 없어도 존재할 수 있음을 밝힌 논문을 의학계가 받아들였기 때문입니다. 의학 전문 학술지가 이런 논문을 게재한 것은 이런 시도를 학술적으로 인정한 것을 의미합니다. 이를 통해 서양 의학계에 큰 변화가 생긴 것을 알 수 있습니다.

지금도 의사들의 대부분은 유물론자입니다. 육체 외에는 다른 어떤 것도 인정하지 않습니다. 의식도 마찬가지입니다. 인간 의식은 뇌가 만들어내는 것이지 뇌와 따로 존재하는 것이 아닙니다. 따라서 뇌가 죽으면 인간 의식은 사라지는 것이지요. 한 마디로, 죽으면 아무것도 안 남는다는 것입니다. 롬멜은 이 생각을 정면으로 뒤집어버렸습니다.

인용문은 우리 의식이 비국지적으로 존재한다는 것을 밝히고 있습니다. 뇌라는 정해진 장소에만 있는 것이 아니라는 것이죠. 의식은 시간이나 장소와 관계없이 존재하며, 시작도 끝도 없다고 롬멜은 결론 내립니다. 우리가 육신을 갖고 지상에서 살 때는 의식은 뇌라는 매개물을 통해 기능합니다. 물질계에서는 뇌라는 물질이 없이는 삶을 영위할 수 없기 때문입니다. 그러다 수명을 다하면, 뇌는 몸과 함께 소멸하고 의식은 계속해서 다른 공간에 존재합니다. 물질인 뇌는 생멸을 거듭하지만, 우리 의식은 그런 것과 관계없이 계속해서 존재합니다.

이러한 롬멜의 생각은 힌두교 교리를 떠올리게 합니다. 힌두교는 이 우주에 존재하는 것은 지고의식Supreme Consciousness뿐이라고 합니다. 현대어로 하면 우주의식이라고 할 수 있지요. 인간의 의식은 이 지고의식이 개별화한 것뿐입니다. 힌두교는 이 지고의식을 '브라만'이라고 표현합니다. 힌두교의 가장 유명한 교리인 '아트만이 브라만이다', 힌두어로 '타트 트밤 아시tat tvam asi'의 뜻은 '네가 바로 그다'입니다. 개별자(개인)가 바로 보편자(전체)임을 뜻하니, 우리가 가진 의식이 바로 지고의식이라 할 수 있습니다. 따라서 이 의식은 영원히 존재합니다. 우리의 의식은 물질계로 들어오면서 변화할 뿐인데, 힌두교에서는 개별 의식이 그것을 뛰어넘어 다시 브라만과 합일하는 것이 인간의 유일한 목표라고 주장합니다.

롬멜이 이렇게 주장한 것은 근사체험을 연구한 덕입니다. 그는 심장전문의였기에 다른 의사들과 달리 근사체험을 한 환자들을 많이 만날 수 있었습니다. 그렇다고 심장 박동이 정지해 죽었다가 다시 살아난 사람들 가운데 근사체험을 한 사람이 많은 것은 아닙니다. 그의 연구에 따르면 약 10%가 근사체험을 했다고 하는데, 이 정도만 되어도 많은 숫자입니다. 그는 이 환자들을 연구하면서 인간 의식의 영원성과 편재성을 알아낸 것입니다. 그래서 그의 책을 읽다 보면 동양철학 책을 읽는 것 같은 느낌이 듭니다.

롬멜은 같은 생각을 하는 동료들과 함께 일종의 선언문을 발표했습니다. 2015년 9월 생물학, 신경과학, 심리학, 의학, 정신의학을 전공한 학자들이 미국 애리조나주 투손Tucson에 모여 의식의 비국지성에 대한 선언문을 발표했습니다. 이 모임에는 앞에서 살펴본

《The Afterlife Experiments: Breakthrough Scientific Evidence of Life After Death(사후생 실험: 사후생에 대한 획기적인 과학적 근거)》의 저자인 게리 슈위츠와 《죽음의 기술The Art of Dying》로 잘 알려진 펜윅도 포함되어 있었습니다.

이 선언문은 11개 조항으로 되어 있습니다. 주요 내용은 우리 의식은 뇌 같은 특정한 곳이나 특정한 시간에 한정되지 않고 육체의 죽음 뒤에도 계속 존재한다는 것입니다. 이렇게 결론을 내린 것은 다섯 분야의 연구에 힘입은 바가 크다고 밝힙니다. 그 다섯 분야는 근사체험, 사후통신, 임종 비전, 영매 연구, (특히 어린이를 대상으로 한) 환생 연구였습니다.

이들은 이와 더불어 유물주의 과학의 종언을 고하면서 포스트後 물질주의적 과학의 출현에 대비해야 한다고 주장했습니다. 그뿐만 아니라 이들 가운데 의사가 많았기 때문인지, 이와 같은 세계관에 따라 환자를 간호해야 하며, 특히 시한부 환자의 간호와 관계된 모든 사람은 이를 염두에 두고 프로그램을 만들어야 한다고 주장했습니다.

예를 들면, 호스피스를 담당하는 의사나 간호사들은 환자들을 대할 때 우리 의식(영혼)은 죽은 뒤에도 소멸하지 않는다고 생각해야 한다는 것입니다. 의료 현장에서 환자들과 더불어 그런 정보를 공유하기 위해 노력하고 그에 걸맞은 의료 행위를 해야 합니다.

　이런 생각을 지지하는 호스피스가 있다면, 그의 간호는 그렇지 않은 사람이 하는 간호와 매우 다를 것입니다. 지금은 적은 수이지만 앞으로 이 세계관에 동조하는 연구자들이 많이 나올 것이며, 그들이 우리의 일상을 현저하게 바꾸어 놓지 않을까 하는 생각이 듭니다.

우리는 모두 학생이다.
불멸을 믿기만 하면 된다

—

우리는 어떻게 하면 변화된 상태, 즉 다른 가치 체계에 이르를 수 있을까? 그리고 일단 그것에 이르게 되면 그 상태를 유지할 수가 있을까? 대답은 쉽게 얻을 수 있다.

이에 대한 대답은 모든 종교 안에 공통분모로 존재한다. 인간은 죽지 않으며, 우리는 지금 이 지구에서 그 교훈을 배우고 있다. 우리는 모두 학생이다. 불멸을 믿기만 하면 된다.

인간은 영원한 존재이고 또 그것을 믿을 만한 수많은 증거와 역사가 있는데도 우리는 왜 스스로에게 나쁜 짓을 저지르고 있는가? 왜 개인적인 이득을 위해 남을 밟고 올라서서 배울 수 있는 기회를 저버리는가?

우리는 비록 속도는 다르지만 궁극적으로는 모두 같은 곳을 향해 나아가고 있다. 어느 누구도 다른 사람보다 위대하지 않다. 해답은 언제나 존재해왔다. 우리는 그 해답을 경험으로 현실화시키고 그렇게 해서 얻은 것을 가슴에 새기고 실천해야 한다. 그러면 그것은 우리의 잠재의식 속에 영원히 남을 것이다. 이것이 변화된 상태로 가는 열쇠이다.*

—

* 《Many Lives, Many Masters》, Brian L. Weiss, Fireside 1988

역행최면으로 인간의 환생을 연구하다

| 브라이언 와이스

브라이언 와이스Brian L. Weiss는 미국의 정신과 의사로, 컬럼비아대학과 예일대 의대를 나와 정신과 전문의가 되었습니다. 그가 유명해진 것은 전생과 환생의 실상을 극적으로 밝혀냈기 때문입니다. 대부분의 의사가 그렇듯 정신과 의사 역시 환생이나 전생 같은 것을 믿지 않습니다. 아니 관심조차 갖지 않을 것입니다. 그도 마찬가지였습니다. 그도 그런 주제는 생각해볼 가치도 없는 것으로 생각했습니다. 이 책의 한국어판 제목이 원제와는 전혀 다른 '나는 환생을 믿지 않았다'가 된 것은 이런 배경이 있을 것입니다.

그런데 그가 이 주제로 책을 쓴 데는 극적인 요인이 있었습니다. 그는 정신과 의사로서 이 책을 출간하면서 많은 것을 잃을 각오를 해야 했을 것입니다. 이 책에서 다루는 주제가 주류 정신의학계에서 무척 꺼리는 것이기 때문입니다. 조롱과 질시를 받을 수 있었지만, 그는 나름의 강렬한 체험을 바탕으로 이 책을 냈고, 계속해서 같은 주제로 연구하고 집필 활동을 했습니다.

와이스가 이 주제에 관심을 기울이게 된 첫 번째 동기는 아들의 죽음입니다. 태어난 지 3주 만에 아이가 죽자, 그는 말할 수 없이 큰 상실감을 겪었습니다. 그는 그 뒤로 인간의 죽음이나 고통, 삶의 의미 같은 철학적인 주제에 큰 관심을 갖게 되었습니다. 이 아들의 죽음이 갖고 있는 의미는 조금 뒤에 밝혀집니다.

더 결정적인 계기는 아들을 잃고 10년 만에 캐서린이라는 여성이 환자로 찾아오면서 맞게 됩니다. 이 여성은 심한 공포감 때문에 치료받으러 왔는데, 와이스는 정신의학에서 주로 사용하는 전형적인 방법으로 치료를 시도했습니다. 최면 등을 통해 환자의 어린 시절에서 지금 갖고 있는 두려움의 원인이 될 만한 사건을 찾아내는 것이지요. 하지만 이 치료에서 별 진전이 없자 와이스는 캐서린을 전생으로 보내는 시도를 했습니다. 그 과정에서 캐서린이 수많은 전생을 겪은 것을 발견하고 그는 큰 충격을 받게 됩니다. 그가 밝혀낸 것만 해도 캐서린은 86번의 전생을 살았습니다.

그 많은 전생에서 캐서린은 성별이 바뀌기도 했고 여러 다양한 나라에서 태어나기도 했습니다. 그러나 삶은 언제나 지금처럼 어려웠고 주위 사람들도 계속해서 역할만 바뀔 뿐 그와 같이 환생을 거듭했습니다. 이 최면을 통해 와이스는 인간은 분명히 환생하며 그 많은 전생의 기억을 모두 가지고 있음을 발견합니다. 뿐만 아니라 저 너머 세계는 상상할 수 없을 정도로 광활함도 알게 되는데, 이런 지식은 영계에만 존재하는 마스터를 통해 배웁니다.

이 마스터의 존재는 역행최면을 시도한 사람들이 공통으로 주장하고 있는데, 저쪽에는 더는 지상에는 오지 않아도 되는 고차원의 영혼이 있다고 합니다. 그들은 그곳에 있는 영혼들의 영적인 진보를 위해 크게 힘쓰는 아주 고마운 존재라고 합니다. 와이스의 표현을 따르면, 이 지구 학교를 졸업해 다시 지상에 올 필요가 없는 존재들입니다.

와이스는 이 작업을 통해 아들의 죽음도 이해하게 됩니다. 캐서린을 최면하는 과정에 밝혀진 것으로, 아들이 세상에 태어난 것은 순전히 와이스에게 새로운 자극을 주기 위함이었다고 합니다. 즉 평범한 정신과 의사로 살지 말고 삶과 죽음의 궁극적인 의미를 깊이 연구하는 의사가 되라는 암시를 주기 위해 태어났다는 것입니다. 와이스가 큰 고통을 느끼고 영적인 성장을 위한 길로 가도록 유도했다는 것이지요. 이런 충격적인 고통이 없었다면 와이스는 이 분야에 뛰어들지 않았을 것입니다. 그런데 이 아이와 같은 영혼들은 자신의 목적을 완수하면 바로 세상을 뜬다고 하는데, 와이스의 아들이 전형적인 예라 하겠습니다. 태어난 지 3주 만에 바로 세상을 떴으니 말입니다.

와이스의 주장은 다른 학자들의 주장과 크게 다르지 않습니다. 우리가 이 지상에 태어난 것은 끊임없는 영적 진보를 위해서입니다. 이 진보의 끝은 기존 종교에서도 말하는 이상적인 인간, 즉 지혜와 사랑의 인간이 되는 것입니다. 이 목적을 완수하면, 이 지상에서의 과정을 졸업하고 더는 이곳에 태어나지 않아도 됩니다. 와이스에 따르면, 이 지구는 복잡한 인간관계나 죽음, 상실감, 질병 등과 같은 어려움이 만연한 곳입니다. 와이스는 이 지구를 학교로 비유하는데, 우리는 이 학교에서 수많은 고통을 겪으면서 많은 것을 배우게 됩니다.

그래서 이 학교는 다니기 무척 어려운 학교입니다. 너무 고통스럽기 때문입니다. 그러나 우리는 이러한 고통을 통해서만이 온전한 존재로 거듭날 수 있습니다. 온전한 존재란 증오나 화보다는 연민과 사랑이 넘치고, 조건 없는 사랑이나 비폭력 정신으로 가득 찬 존재를 말합니다. 이런 존재가 되도록 학습하는 장소가 바로 이 지구인 것입니다.

우리가 이 지구 학교를 졸업하는 시기는 사람마다 다릅니다. 어떤 사람은 수십 생에 마칠 수도 있고, 또 어떤 사람은 수천 생을 살아도 그 경지에 다다르지 못할 수 있습니다. 그러나 일단 방향만 제대로 잡으면 언젠가는 이 목표에 다다를 수 있습니다. 이 방향으로 삶의 이정표를 돌릴 것인가 말 것인가는 각 개인에게 달려 있습니다.

고통과 죽음뿐이지만
영혼이 머무는 곳

—

인생의 목적은 탐구, 모험, 배움, 즐거움
그리고 고향으로 가는 또 하나의 발걸음

인간의 몸은 우주복 같은 것

그대의 육체는 구속이자 궁극적인 고통과 죽음,
놀랍고도 절박한 궁핍, 끝없는 오염의 원천이 되는
자질구레한 것들의 상징일 수도 있습니다.
그렇지만 그 육체는 바로
영혼이 머물기로 선택한 매개체입니다.

왜냐하면 인간의 몸은 우주복 같아서
그대가 있는 이 지상에서
반드시 필요하기 때문입니다.*

—

* 《Emmanuel's Book: A Manual for Living Comfortably in the Cosmos》,
Pat Rodegast, Judith Stanton, Bantam 1987.

영이 전하는 우리의 삶과 죽음
| 에마누엘

이 인용문은 채널링Channeling을 통해 나온 가르침입니다. 채널링이란 영계나 그에 준하는 초자연적인 영역에 거하는 영적 존재가 채널러로 불리는 인간을 통해 고차원적인 영적 메시지를 전하는 것을 말합니다. 1992년 이 인용문이 담긴 책이 《빛과 사랑의 영혼 에마누엘》이라는 제목으로 우리나라에서 출간되었는데, 아마도 채널링을 처음으로 한국에 소개한 책이 아닌가 합니다.* 그 뒤로 《육체가 없지만 나는 이 책을 쓴다》《우주가 사라지다》《기적 수업》 등 채널링 책이 적지 않게 번역 출간되었고, 심지어 외계인을 채널링한 책이 번역되어 나오기도 했습니다.

이 채널링은 참인지 거짓인지 밝혀내기 어려운 면이 있습니다. 그런데도 이 같은 현상이 서구권에서 적지 않게 일어났고 많은 사람이 주목하고 있어 그 시조 격인 책을 소개하는 것입니다. 나는 이 책에 나오는 에마누엘이라는 존재가 실제로 존재하는지 어떤지는 모릅니다. 그러나 그의 이야기는 귀담아들을 것이 많습니다. 인간, 신, 영혼, 죽음, 카르마, 진화 등 중요한 주제를 시적인 언어로 아주 간결하게 전하고 있습니다.

———

* 이 제목의 책은 절판되었고, 새로운 제목(《행복한 지구생활 안내서》, 정창영 역, 무지개다리 출판사 2018)으로 재출간되었다.

이 책에는 채널링 세션에서 에마누엘을 만나 대화하면서 받은 감동을 적은 람 다스Ram Dass의 서문이 있습니다. 람 다스는 잘 알려진 것처럼 하버드대학 심리학과 교수였던 리처드 앨퍼트Richard Alpert입니다. 그는 대학에서 환각제로 인간 의식의 변용을 실험하다가 아예 인도로 가서 어떤 구루의 제자가 됩니다. 나중에 이름까지 인도식으로 바꾸고 이른바 영적인 교사가 되어 활동하는 신비로운 인물입니다.

책을 쓴 패트 로데가스트Pat Rodegast(이하 패트)는 명상하다가 내면에서 황금빛 존재를 만났는데, 그 존재가 바로 에마누엘이었습니다. 그 뒤 패트는 에마누엘과 내면의 대화를 계속해 그것을 세상에 전달합니다. 나도 이 책의 번역본을 읽고 큰 감명을 받았습니다. 람 다스의 서문이 에마누엘의 가르침을 잘 정리해 놓아 그것을 중심으로 소개하겠습니다.

에마누엘은 어떤 것도 부정적으로 바라보지 않습니다. 우리는 이 땅에 육신을 갖고 살면서 수많은 죄와 악을 저지릅니다. 에마누엘은 이것이 육신을 가진 존재들의 '필수 이수 과목'이라고 합니다. 우리가 살면서 겪는 혼돈, 위기, 분노, 고통, 절망 등은 성장할 수 있는 아주 좋은 기회를 제공하기 때문입니다. 그는 삶을 감옥이 아닌 교실로 생각하고 싸움이 아닌 춤으로 보라고 합니다. 우리가 사는 이 세상이 학교, 그러나 아주 어려운 학교라는 것은 앞에서도 많이 언급했습니다. 그런데 그는 더 나아가서 이 세상을 갈등이 가득한 곳이 아닌 춤추는 곳으로 보라고 하니 매우 긍정적인 시각이라 하겠습니다.

그는 삶의 현장을 떠나 다른 곳에서 진리를 찾는 것을 그리 달가워하지 않았습니다. 우리의 욕망이나 집착 같은 조건이 바로 진리나 신을 찾게 하는 실마리가 될 수 있기 때문입니다. 그러니 굳이 산속으로 들어갈 필요가 없습니다. 또 우리 주위에서 벌어지는 모든 일이나 사건은 우리가 창조한 것입니다. 우리가 책임져야 하며 거기에서 진리를 향한 열쇠를 찾아야 합니다. 그러니 삶의 자리를 떠나는 것은 바람직하지 않다고 합니다.

그가 묘사하는 신도 매우 시사적입니다. 그에게 신은 개개 영혼을 '분리라는 환상의 어둠 속으로 데려갔다가 다시 합일로 되돌려 보내는 창조력'입니다. 인도철학의 주장과 매우 흡사합니다. 인도에는 신인 브라만이 꿈을 꾸다가 개개의 아트만이 생겨났다고 보는 사상가들이 있는데, 아트만의 목적은 브라만과 다시 합일하는 것입니다. 그는 이 세상을 환상의 어둠이라고 했습니다. 인도철학에서도 이 세상을 이원론이 지배하는 환영(마야maya)이라고 했으니 상당히 비슷합니다.

다시 신과 합일하기 위해 우리는 무엇을 해야 할까요? 에마누엘은 이성이 아니라 가슴과 직관에 더 귀를 기울이라고 합니다.

이 책은 죽음과 사후세계에 대해서도 친절하게 설명하고 있어 비상한 관심이 쏠립니다. 우리가 영적으로 성장하기 위해 환생을 거듭한다는 데는 에마누엘도 같은 생각입니다. 그런데 그보다는 임종 순간을 묘사한 것이 더 관심을 끕니다. 임종을 맞아 육신에서 벗어나는 체험을 '꽉 죄는 신발을 벗는 듯한' '갑갑한 방에서 빠져나가는 듯한', 더 구체적으로는 '담배 연기가 가득 찬 방을 나와 밖의 상쾌한 공기를 마시는 듯한' 등으로 표현하고 있습니다. 나는 이 느낌을 육중한 잠수복을 입고 물속을 다니다 물 위로 나와 그 옷을 벗었을 때의 홀가분함으로 표현했습니다. 에마누엘은 이 육신을 우주복 같은 것으로 묘사하면서, 이 옷 때문에 고통받고 죽고 끝없이 갈등하지만 바로 이 육신을 통해 성장한다고 주장합니다. 즉 우리는 이 지상에서 살면서 이 육신을 매개로 모험하고 배워서 우리의 고향인 '신'에게로 돌아갈 수 있다는 것입니다.

이 책은 이외에도 인간 사회의 여러 문제, 즉 섹스나 낙태, 외계의 존재 등 세부 주제에 대해서도 명쾌하면서 긍정적인 시각으로 다룹니다. 이 책을 읽다 보면 명상하고 있는 느낌입니다. 마음이 잔잔해지기 때문입니다.

모든 시간은
영원한 현재다

—

(인간에게는) 죽음을 부정하고 억압하는 수많은 방법이
있다. 그중 가장 대표적인 것은 시간(과 문화)이다. 시간
과 죽음의 관계를 살펴보자.

궁극적 전체—신이라 부르든 도道라고 부르든 두 번째가
없고 그것 하나만 있는 전체—는 무시간적이기에 미래나
시간이 존재하지 않는다. 예로부터 신비 사상가들은 모든
시간은 현재, 즉 영원한 현재eternal now라고 주장했다. 그
렇다면 궁극적 실재에는 시간이 존재하지 않으므로 과거
나 미래가 없다.

그런데 인간은 죽음을 부정하기 위해 미래를 요구한다.
(궁극적 실재로부터) 분리된 개별적 자아가 (미래를 향해)
앞으로 나간다고 상상한다. 인간은 내일의 자기 자신을 만
나고 싶어 한다. 이것은 죽음을 억압하기 위해 자신에게
내일이라는 시간을 투사하는 것이라 할 수 있다. 시간은
영원성의 부정에 그치지 않는다. 만일 시간이 그런 것에
불과했다면 인간은 결코 시간을 수용하지 않았을 것이다.
시간은 영원을 대체한다고 할 수 있다. 시간은 인간에게
그가 끊이지 않고 계속 존재할 것이라는 환상을 주기 때문
이다.*

—

* 《Up from Eden: A Transpersonal View of Human Evolution》, Ken Wilber,
Quest Books 2007

의식 연구 분야의 아인슈타인
| 켄 윌버

켄 윌버Ken Wilber는 설명이 필요 없는 사상가입니다. 그에 대한 찬사는 차고도 넘칩니다. 그의 저작을 읽어보면, 동서양의 모든 학문과 사상을 통합한 것처럼 보입니다. 특히 주목할 만한 것은 종래의 인간의식 발달이론을 통합해 자신만의 이론을 만들었다는 점입니다. 그래서 그는 의식 연구의 아인슈타인이라는 별명으로 불립니다. 또 플라톤 이래 가장 훌륭한 사상가라고도 합니다(물론 서양의 사상가 가운데).

인간 의식 연구와 관련해 윌버는 자신의 작업을 붓다와 프로이트의 통합이라고 한 적이 있습니다. 무슨 의미일까요?

붓다는 인간 의식의 가장 깊은 곳을 조망하여 그것을 불성佛性이라고 했습니다. 대신 그는 인간의 (무)의식 속에 있는 수많은 부정적인 요소에 대해서는 별로 언급하지 않았습니다. 그에 비해 프로이트는 인간의 (무)의식 속에 있는 수많은 부정적인 요소를 언급했지만, 붓다가 말한 심층 의식은 보지 못했습니다. 이들은 서로 다른 층을 본 것입니다. 따라서 이 둘의 이론을 통합한다면, 인간 의식을 훨씬 더 통합적으로 볼 수 있을 것입니다. 윌버가 한 일이 바로 이것입니다.

윌버의 책을 읽다 보면 그 주밀함과 폭넓음에 절로 감탄이 나옵니다. 그의 머릿속은 복잡하기 짝이 없는 개미굴처럼 보입니다. 방대하고 치밀한 이론이 아주 복잡한 구조로 얽혀 있기 때문입니다. 그의 인간 의식 연구는 돋보이지만, 다른 학자들도 이런 연구를 했다는 점에서 100% 독창적이지는 않습니다. 하지만 모든 것을 설명하는 이론을 만들었다는 점에서 다른 사상가들과 다릅니다.

그 이론은 과연 무엇일까요? 문자 그대로 이 세상에 존재하는 모든 것, 즉 물질matter부터 생명life, 마음mind, 의식consciousness, 혼sprit까지 모든 것을 통합해 하나의 이론으로 만든 것입니다. 그렇게 해서 나온 것이 4상한도象限圖입니다.

4상한도는 세상 모든 것을 네 가지로 분류하여 하나의 차트로 만든 것입니다. 각 상한에는 그것it, 그것들its, 나, 우리we가 자리를 차지하는데, '그것'의 물질 영역에서부터 '그것들'의 사회 영역, '나'의 혼의 영역, 그리고 '우리'의 문화 영역까지 모든 것을 다 포함합니다.

보통 과학자들은 물질만 다루고 인문사회 과학자들은 나나 우리만 다루는데, 윌버는 이를 통합한 것입니다. 이 이론의 맞고 틀림을 떠나 지금까지 인류사에서 이런 담대한 이론을 만든 사람이 없었다는 의미에서 그의 이론은 대단하다 하겠습니다.

앞의 인용문은 죽음과 시간 그리고 영원에 관한 것인데, 우리는 이 주제에 대해 많은 오해를 합니다. 어떤 오해일까요? 과거에는 죽음에 대해 무지했기 때문에 인간이 죽으면 완전히 소멸한다고 생각했습니다.

그래서 이를 극복하고자 시간을 연장하는 작업을 했습니다. 인간이 죽으면 다른 세계, 예를 들어 종교에서 말하는 사후세계에서 계속 생존한다는 교리를 만든 것입니다.

대표적인 예는 유신론을 믿는 사람일 것입니다. 그들은 이 힘든 세상의 삶이 끝나면 천당에 가서 영원히 살 것이라고 굳게 믿습니다. 언제까지 천당에 있느냐고 물으면, 무조건 '영원히'라고 대답합니다. 이것은 시간을 무한대로 연장하는 것입니다. 윌버가 말한 대로 시간, 그리고 그것을 연장하는 작업은 인간에게 그가 소멸되지 않고 계속 존재할 것이라는 환상을 줍니다.

그러나 이것은 영원(혹은 불멸)을 잘못 이해한 것입니다. 시간은 유한하기에 아무리 연장해도 영원이 되지 못합니다. 유한은 아무리 많이 쌓여도 유한일 뿐입니다. 쉬운 예를 들면, 사람들은 숫자 1에 0을 많이 붙이면 무한이 될 거라고 착각합니다. 그러나 그것은 유한이지 무한이 될 수 없습니다. 0을 무한대로 붙여도 안 됩니다. 1과 0이라는 숫자가 이미 유한하기에, 아무리 많아도 유한에 그치기 때문입니다. 어떤 숫자가 아무리 크다 해도 항상 그것보다 더 큰 숫자가 존재합니다. 이것이 유한 세계의 모습입니다. 절대나 무한의 개념이 들어갈 수 없습니다.

사실 시간이란 인간의 자의식이 만들어낸 개념에 불과해 실체가 없습니다. 그렇지 않은가요? 시간이란 인간의 생각 혹은 기억 속에만 존재합니다. 만일 인간이 과거를 기억하지 못한다면, 그에게는 과거란 없습니다. 또 미래를 생각하지 않는다면 미래 역시 없습니다. 그렇다면 지금 즉 바로 현재만이 존재한다는 결론에 도달합니다. 우리는 현재만 감지할 수 있기 때문입니다. 그런데 이것을 인지하지 못하는 우리는 지금 여기here & now에 있지 않고 끊임없이 과거를 생각하면서 후회하고 미래를 생각하면서 불안해합니다.

이것을 풀어 설명하면, 우리는 지금 여기에 있는데 생각을 통해 항상 과거에 있거나 미래에 있다는 것입니다. 미래는 오지 않은 것으로 생각하기 쉽지만, 그 역시 생각 속에서만 존재하기에 그것도 과거에 속한다고 할 수 있습니다. 생각된 것은 모두 과거라 할 수 있기 때문입니다. 우리 인간은 생각하는 순간 과거에 거하는 것입니다. 과거가 아닌 것은 생각할 수 없기 때문입니다.

그래서 현자들은 인간의 구원이란 저 먼 미래에, 여기와는 다른 곳, 즉 천당이나 극락에서 획득하는 것이 아니라 바로 여기, 즉 영원한 현재eternal present에 거하는 것이라고 누누이 주장했습니다.

지금 여기 있으려면 어떻게 하면 될까요? 다른 방법이 없습니다. 생각에서 벗어나야 합니다. 즉 생각을 일으키지 말아야 하는 거지요. 그런데 생각하지 않으면 우리는 생존할 수 없습니다. 밥이나 물, 그리고 옷이 어디 있는지 알아야 먹고 살 수 있으니까요. 그것 모두 생각의 영역에서 이루어집니다. 총체적인 파라독스입니다. 과연 우리는 이 난국을 어떻게 헤쳐 나아갈 수 있을까요?

귀천
—

나 하늘로 돌아가리라.
새벽빛 와 닿으면 스러지는
이슬 더불어 손에 손을 잡고,

나 하늘로 돌아가리라.
노을빛 함께 단둘이서
기슭에서 놀다가 구름 손짓하면은,

나 하늘로 돌아가리라.
아름다운 이 세상 소풍 끝내는 날,
가서, 아름다웠더라고 말하리라……*

—
* 《천상병 전집》, 천상병, 평민사 2014

이 세상 소풍을 끝내는 날
| 천상병

천상병(1930~1993) 시인의 시 '귀천'의 핵심은 말할 것도 없이 마지막 구절입니다.

'나 하늘로 돌아가리라. 아름다운 이 세상 소풍 끝내는 날, 가서, 아름다웠더라고 말하리라……'

물론 그 앞에 나온 '이슬'이나 '노을', 그리고 '기슭'이나 '구름' 같은 단어들도 나름의 의미가 있습니다. 그러나 여기서는 이 구절에만 집중했으면 합니다.

우리는 이 구절을 통해 시인이 이 지상에서의 삶을 여행으로 여겼다고 추정해볼 수 있습니다. 다시 말해, 시인은 이 지상에 잠시 있다가 본향으로 돌아가는 심정을 노래한 것이라는 점입니다. 재미있는 것은 마지막 '말하리라' 다음에 마침표 몇 개를 연속해서 찍었다는 것입니다. 이는 반어적 표현이라는 것이 중론인 모양입니다. 즉, 시인은 이승에서의 삶이 반드시 즐거웠던 것은 아니었다고 밝혔다는 것입니다.

시인의 심정을 충분히 짐작할 수 있습니다. 천 시인은 잘 알려진 것처럼 1967년 그 유명한 '가짜' 간첩 사건인 동백림사건에 연루되어 모진 고문을 받았습니다.

그로 인해 폐인 지경에 이르러 정신 병원에 수용되는 등 말할 수 없는 고통을 겪었습니다. 그 뒤에도 고문 후유증으로 고생하다 세상을 떠났으니, 그의 삶은 결코 아름다울 수만은 없었을 것입니다. 그런데도 아름답다고 표현한 것은 시인이 그만큼 삶을 달관했기 때문이 아닌가 합니다.

이처럼 삶을 달관한 시인을 따라 우리 역시 이 지구라는 별에 여행 왔다고 생각한다면, 지금처럼 각박하게 살지 않아도 될 것입니다. 어딘가로 여행을 가면 그곳에서는 평소처럼 바쁘게 서두르지도, 돈을 벌려고 악착같이 움직이지도, 헛된 명예를 차지하려고 악바리처럼 살지도 않습니다. 그저 모든 것에서 한 발짝 물러서서 어떤 구속도 없이 즐깁니다. 여행은 바로 그런 맛에 가는 것 아닐까요?

나도 평소에는 하루라도 책을 보지 않거나 글을 한 줄이라도 쓰지 않으면 불안합니다. 그런 날은 공친 것 같아 기분이 우울합니다. 그런데 여행 가면 상황이 전혀 달라집니다. 책을 가까이하지 않아도 어떤 죄책감도 들지 않습니다. 무슨 글을 써야 할까 전혀 생각하지 않습니다. 그저 오늘은 어떤 새로운 것을 보고 어떤 맛있는 것을 먹을까 하는 생각만 합니다. 그러니 마음이 항상 즐겁고 여유롭습니다.

그러다가 여행지는 불과 며칠만 지낼 곳이라는 생각을 합니다. 다시는 이곳에 올 수 없을 것이라는 생각과 함께 말입니다. 사실 이번 생에 딱 한 번만 방문하는 여행지가 많습니다. 그렇게 생각하면 그곳이 그렇게 아름답게 느껴질 수 없습니다. 그곳의 모든 사람이 귀중하게 느껴집니다. 그곳을 떠나기 전날이면 마지막 밤이라는 생각에 모든 것이 생생하게 보이고 '지금 여기에' 존재한다는 느낌이 강하게 듭니다. 과거나 미래보다는 지금 여기에만 있는 것입니다.

이런 느낌은 집이나 일터에서는 느끼지 못합니다. 매일 겪는 일상은 칙칙하기 마련입니다. 많은 돈을 들여 여행을 떠나는 것은 바로 이런 일상을 벗어나기 위함이겠지요. 지금 생생하게 살고 있음을 느끼고 싶은 것입니다.

그런데 만일 천 시인처럼 우리가 이 지구에 여행 온 것임을 일상 속에서 느낄 수 있다면, 굳이 다른 곳으로 여행 갈 필요도 없을 것입니다. 그저 나그네로서 집이라는 임시 거처에 머문다고 생각하면 일상의 삶에서 한 발자국 뒤로 물러설 수 있을 것입니다. 헛된 욕망에서도 자유로울 수 있고, 주위에 있는 사람을 비롯해 동물이나 식물 등 모든 것이 새롭게 보일 것입니다. 그런 상태가 오래 지속되면 얕은 수준이지만 모든 사물에서 에너지를 느끼는 종교적인 체험도 할 수 있습니다.

이 시를 통해 우리는 이 지구가 고향이 아니라 잠깐 다니러 온 곳임을 상기하면 좋겠습니다. 그리고 이곳에서 생을 다하면 원래 있었던 곳으로 돌아가리라 생각해봅시다. 원래 있었던 곳이 어디인지 어떤 곳인지 아무 생각도 안 나지만, 그 기억은 지상에서 생을 다 했을 때 곧 재생되니 아무 걱정도 하지 맙시다. 이렇게 생각하면서 일상에서 어떤 변화가 생기는지 주목해 보시기 바랍니다.

저자의 말

이렇게 해서 우리는 다양한 죽음에 대한 순례를 마쳤습니다. 이 책에서 우리는 동서양 고금의 많은 저자와 사상가들을 만났습니다. 이들을 통해 우리는 죽음 이후의 세계에도 가보았고 환생에 대해서도 배웠습니다. 이처럼 죽음과 그 너머의 세계에 대해서 두루 알아봤지만 결국 우리는 다시 '지금 여기'로 돌아옵니다. 문제는 '지금 여기서 나는 어떻게 사느냐'입니다. 그래서 죽음과 삶은 하나라고 그렇게 말해온 것입니다. 잘 살려면 죽음을 알아야 하고 생을 잘 마치려면 지금 잘 살아야 합니다.

그런데 어떻게 사는 것이 좋은지는 사람마다 다르기 때문에 일률적으로 말할 수 없습니다. 이 책을 읽은 분들은 아마도 여러 다양한 반응을 보일 겁니다. 만일 이 책의 내용 중에 조금이라도 여러분들의 가슴을 울리는 것이 있다면 더할 나위 없이 좋겠습니다. 이 책에는 많은 이들의 생각과 사상이 소개되어 있어 반드시 자신의 마음에 와닿는 부분이 있을 것입니다. 그러면 그 울림과 함께 여러분들의 내면의 소리가 들릴 겁니다. 그 소리를 듣는다면 그 다음 일은 아주 간단합니다. 그 소리가 안내하는 대로 따라가기만 하면 됩니다.

죽음에 대해 공부하는 것은 늦거나 빠른 것이 없습니다만 너무 늦어서는 안 됩니다. 그래서 원불교를 세운 소태산 박중빈 선생은 아무리 늦어도 40세가 되면 죽음 공부를 시작하라고 했습니다. 이는 매우 일리 있는 생각입니다. 우리가 중년이 되면 머리가 굳어서 새로운 것을 받아들이지 않으려고 하니 그전에 공부를 시작하라는 것입니다.

어떤 사람은 죽음은 죽음에 임박했을 때나 생각하면 되지 미리 생각할 필요는 없다고 주장합니다. 그래서 살 때에는 공연히 죽음에 대해 생각하지 말고 열심히 살기만 하면 된다고 하지요. 이것은 잘못된 생각입니다. 임종이 다가왔을 때 만일 죽음에 대한 공부나 준비가 제대로 되어 있지 않으면 그때는 아무것도 할 수 없습니다. 죽음을 어떻게 맞이할지에 대해 준비가 되어 있지 않다면 황망한 나머지 죽음을 피하거나 애써 외면하려고만 하게 됩니다. 그러나 젊었을 때부터 죽음에 대해 공부하고 차근차근 준비했다면 죽음을 기꺼이 맞이할 수 있습니다.

그래서 제가 활동하고 있는 한국죽음학회는 학회의 표어로 "당하는 죽음에서 맞이하는 죽음으로"를 내세

웠습니다. 의도는 간단합니다. 죽음을 전혀 준비하고 있지 않다가 죽음이 닥쳐왔을 때 허둥지둥하지 말자는 겁니다. 다르게 표현하면 죽음을 수동적으로 맞지 말고 보다 더 능동적으로 대하자는 겁니다.

그럼으로 우리는 죽음을 삶의 한 부분으로 받아들여 지금 사는 자신의 삶을 영적으로 고양시킬 수 있습니다. 이렇게 죽음을 내 삶 안으로 들여와 항상 죽음을 생각하며 산다면 삶은 분명 자유롭고 심오해질 겁니다. 다시 한 번 간곡히 말씀드리지만 더 늦기 전에 죽음을 공부하시기 바랍니다.

2019년 7월
최준식

삶을 여행하는 초심자를 위한

죽음 가이드북

1판 1쇄 발행 2019년 8월 20일
1판 2쇄 발행 2019년 10월 10일

지 은 이   최준식
펴 낸 이   김형근
펴 낸 곳   서울셀렉션㈜
편   집   진선희, 김희선
디 자 인   이찬미
마 케 팅   김종현, 황순애, 최문섭

등   록   2003년 1월 28 일(제1-3169호)
주   소   서울시 종로구 삼청로 6 출판문화회관 지하 1층 (03062)
편 집 부   전화 02-734-9567   팩스 02-734-9562
영 업 부   전화 02-734-9565   팩스 02-734-9563
홈페이지   www.seoulselection.com

ⓒ 2019 최준식

ISBN 979-11-89809-11-9 03800